황금박쥐

단편동화집

황금박쥐

글/사진 전홍범

좋은땅

차례

공작선인장

"말라비틀어져도 모르는 채 내팽개쳐 두다가 예쁘게 키워 놓으니까 이제 와서 자기 거라고? 매일 들여다보고 물 주며 예쁘게 키운 게 누군데? 누가 뭐래도 그건 내 거야. 절대 돌려주지 않을 거야."

"예인아, 사진 참 멋지구나. 그런데 그 선인장 네 것 맞니?"

청소당번 활동을 마치고 가방을 메는 예인이에게 선생님께서 물으셨다. 4학년이 되어 새로 꾸민 학급 홈페이지의 '나의 자랑거리' 란에 어제 예인이가 올려놓은 공작선인장 꽃 사진을 말씀하시는 것이다.

"네, 맞아요. 예쁘죠? 제가 정성껏 가꾼 거예요. 그런데 선생님, 왜요?"

"수빈이가 그러더구나. 선인장하고 화분이 자기 거라고. 화분은 2학년 때 도예체험장에서 엄마와 같이 만든 거래."

'아, 그 선인장 화분 주인이 수빈이었구나.'

갑작스런 사실에 당황했지만 예인이는 '훔친 것도 아닌데 어때?'라고 생각하며 선생님께 사실대로 말씀드렸다.

"수빈이가 자기 거라고 하면 맞을 거예요. 그 화분 작년 여름방학 때 제가 학교에서 집으로 가져갔어요. 운동장 화단에서 뽀얗게 먼지를 뒤집어쓰고 있던 걸 집에 가져가서 예쁘게 키웠어요."

"그랬구나. 수빈이가 여름방학이 끝난 뒤 화분이 없어진 걸 알고 무척 속이 상했다더라. 잃어버린 걸 이제야 찾았다고 기뻐하면서 돌려줬으면 좋겠다고 하는구나."

"선생님! 그 화분 누가 버린 거라고 생각했어요. 아무도 돌봐 주는 사람이 없어 너무 불쌍했어요. 흙먼지를 뒤집어쓴 채 바싹 말라 금세 죽어 버릴 것만 같았어요. 비도 안 오고 물 주는 사람도 없고……. 그냥 놔두었으면 여름방학이 끝나기도 전에 죽고 말았을 거예요."

"예인이가 잘 돌봐서 이렇게 멋진 꽃이 피었구나. 활짝 핀 꽃송이가 무척 탐스럽더구나. 그렇지만 예인아, 그 화분 네 것이 아니잖니? 주인이 나타났으니 돌려주는 게 옳겠지?"

예인이는 선생님 말씀이 맞다고 생각했다. 하지만 너무 아쉬웠다. 지난 반년간 온갖 정성을 다해 가꿔 멋진 꽃을 피워 낸 까닭이다. 그런데 혹시 수빈이가 화분만 찾는 건 아닐까?

"화분만 돌려줘도 되죠?"

"수빈이가 꽃도 자기 거니까 꼭 돌려받아야 한다던데."

선생님이 고개를 가로저으며 안타까운 표정을 지었다. 선생님께서 이렇게 말씀하시니 할 수 없는 일이다. 돌려줘야지.

"네, 내일 돌려줄게요."

힘없이 말하고 예인이는 교실 문을 나섰다.

눈앞에 화사한 공작선인장 꽃이 어른거렸다. 붉고 탐스런 멋진 꽃이다. 어른 손 한 뼘쯤 되는 기다란 나팔 모습을 하고 있는데, 나팔 부분에는 얇은 색지 같은 길쭉한 꽃잎 십여 장이 한데 어우러져 있다. 지난주 꽃이 스무 송이나 피어 얼마나 기뻤는지 모른다. 그런데 돌려주어야 하다니……. 저절로 한숨이 나왔다.

맥없이 걷던 예인이는 공원 벤치가 보이자 털썩 주저앉았다. 멍하니 파란 하늘을 바라보고 있자니 생글생글 웃는 수빈이 모습이 떠올랐다. 수빈이는 4학년 올라와 새로 한 반이 된 아이다. 한 번도 같은 반을 한 적이 없고 사는 동네도 달라 잘 알지 못한다. 새 학년이 시작되고 첫 주가 지났지만 아직 같이 이야기해 본 적이 없는 낯선 친구이다.

무슨 좋은 방법이 없을까. 그래, 엄마와 의논해 보자.

직장에서 일하는 엄마에게 전화를 하니 바로 좋은 방법을 일러 주셨다.

"예인아, 엄마가 퇴근할 때 예쁜 공작선인장 화분 하나 사 가지고 갈게. 그걸 수빈이에게 주렴. 아니면 새로 산 공작선인장을 수빈이 화분에 옮겨 심어 돌려주든가. 네가 정성껏 키운 선인장은 새 화분에 옮겨 심으면 되지 않겠니?"

이렇게 간단히 해결할 수 있는 걸 공연히 걱정했네. 예인이는 기쁜 마음에 수빈이에게 전화를 걸어 새로 산 예쁜 공작선인장을 주겠다고 말했다.

"새 화분 필요 없어. 새로 산 선인장도 필요 없고. 내가 작년에 화단에 놓아두었던 그 화분 그 선인장 그대로 모두 다 돌려줘."

수빈이가 카랑카랑한 목소리로 톡 쏘아붙였다. 뜻밖이었다. 수빈이가 예인이만큼이나 그 공작선인장을 아꼈던 게 틀림없다. 예인이는 무안하기도 하고 미안하기도 했다.

"수빈아, 미안해. 내다버린 화분인 줄 알았어. 내가 잘 키워보려고……."

수빈이가 말을 자르며 소리쳤다.

"흥, 남의 화분을 말도 안 하고 집어 가 놓고 엉뚱한 핑계는. 이제 와서 돌려주면 모든 게 해결된다고 생각하니? 내가 얼마나 속상했는지 알기나 해? 남의 물건을 훔쳐 가는 너 같은 아이하고는 더 이상 이러쿵저러쿵 말하고 싶지 않아."

수빈이는 제 할 말만 하고 전화를 끊어 버렸다. 예인이는 자기도 모르게 벤치에서 벌떡 일어섰다.

'뭐? 훔쳐갔다고? 그럼 내가 도둑이라는 말이야. 흥, 말도 안 돼. 그게 어째서 자기 거라는 거야? 말라비틀어져도 모르는 채 내팽개쳐 두다가 예쁘게 키워 놓으니까 이제 와서 자기 거라고? 매일 들여다보고 물 주며 예쁘게 키운 게 누군데? 누가 뭐래도 그건 내 거야. 절대 돌려주지 않을 거야.'

억울한 마음과 화가 뒤엉켜 마음이 흔들리며 눈물이 핑 돌았다. 하지만 잠시 허공을 올려다보던 예인이는 고개를 푹 숙이고 말았다. 남의 물건을 멋대로 집어 왔으니 도둑이라는 말을 들어도 당연하다.

'차라리 버릴까? 화분도 깨뜨리고 선인장도 뽑아서 쓰레기통에 던져 버릴까?'

갑자기 떠오른 나쁜 생각에 예인이는 고개를 저었다. 그렇지만 마음속에서 그렇게 해 버리자는 속삭임이 점점 커지는 바람에 예인이는 주르륵 눈물을 쏟고 말았다.

"어머, 예인아! 왜 그래? 너 어디 아프니?"

옆집 아줌마가 시장에 다녀오다가 예인이를 보고 놀란 듯 옆에 앉았다. 예인이가 울먹이며 하는 이야기를 다 듣고 나서 아줌마가 말했다.

"얼마 전 우리 집 강아지 예삐를 다른 집으로 보내야 했단다. 아기가 예삐 털 때문에 자꾸 병이 났거든. 처음엔 섭섭했지만 지금은 예삐가 잘 살고 있어 얼마나 좋은지 몰라. 보고 싶을 때면 언제든 그 집에 가 보면 되지. 멀리 있어도 '아, 예삐가 저기 저 집에서 행복하게 잘 살고 있지.' 이렇게 생각하니 마음이 편하단다. 예삐가 바로 옆에 있는 거 같아. 예인아, 다시 한 번 더 사과하고 그대로 돌려주렴. 네가 아끼던 공작선인장이 수빈이네 집에서 행복하게 잘 자라고 있다고 생각하면 그것으로 기쁘지 않겠니. 정 아쉬우면 한 뿌리만 뽑아 새 화분에 새로 키우고. 몇 년간 정성껏 키우면 지금보다 더 멋진 선인장이 되지 않겠니?"

아줌마의 다정한 눈빛과 따뜻한 마음이 얼어붙은 예인이의 마음을 풀어 주었다.

예인이는 환하게 웃으며 고개를 끄덕였다. 아줌마 어깨 너머로 보이는 맑은 하늘이 오늘따라 더욱 푸르게 보였다.

도투의 모험

'아니, 절벽이 펑 뚫리다니…….'

이런 일을 한 번도 본 적이 없는 도투는 몹시 놀라 가슴이 철렁 내려앉았다. 도투는 황급히 몸을 틀어 아무도 없는 반대 방향으로 내달렸다.

어둠이 채 가시지 않은 추운 겨울 아침 아기 멧돼지 도투는 아무도 몰래 산에서 내려와 강가로 달려갔다. 매섭게 몰아치는 찬 바람에 뾰족한 코끝이 금방이라도 떨어져 나갈 듯 아팠지만 꾹 참고 힘껏 내달렸다. 엄마 모르게 하고 싶은 일이 하나 있기 때문이다.

강가에 다가선 도투는 조심스레 강을 살펴보았다. 움직이는 것은 아무것도 없다. 강물은 바위보다 더 단단하게 꽁꽁 얼어붙어 있었다.

"야호! 이제 됐어. 드디어 강을 건널 수 있어."

도투는 환호성을 터트리며 강 건너편을 향해 얼음 위를 힘차게 내닫기 시작했다.

지난 봄 아카시아 꽃이 하얗게 피어나던 무렵 아차산 달이봉

능선에서 태어난 아기 멧돼지 도투는 아직까지 달이봉 근처를 벗어난 적이 없다. 등을 가로지르는 노르스름한 줄무늬는 벌써 사라지고 뾰족한 엄니가 솟기 시작하는데도 엄마는 여전히 도투를 어린 아기로만 생각하고 있다. 아직도 도투가 달이봉 아래로 내려가는 것을 허락하지 않는다.

"도투야, 달이봉 아래에 가서는 안 된다. 특히 강 건너는 절대 가면 안 돼. 거기는 공기가 아주 나쁜 데다 사람이라고 하는 동물이 살고 있어. 두 발로 서서 걸어 다니는 아주 사나운 동물이란다."

"알았어요, 엄마. 걱정하지 마세요."

언제나 힘차게 대답했지만 도투의 속마음은 달랐다. 사람이라는 무서운 동물이 어떻게 생겼는지 보고 싶은 마음이 굴뚝같았다. 게다가 달이봉에서 내려다보면 한눈에 들어오는 널따란 강과 그 너머에 있는 사람들이 사는 마을의 모습은 도투에게 호기심과 함께 온갖 상상력을 불러일으켰다.

특히, 밤이면 화사하게 빛나는 알록달록한 불빛은 눈부시게 아름다웠다. 대체 어떤 동물이 저런 불빛을 밝히는 걸까? 저 밝은 불빛은 동물의 몸 어느 부분에서 나오는 걸까? 가까이 가서 자세히 살펴보고 싶었다.

어른들 몇몇이 날이 아주 추워져 강이 얼어붙으면 강 건너에 다녀오겠다고 말하는 것을 들은 후 도투는 날이 추워지기만을 손꼽아 기다렸다.

'어른들에게 데려 달라고 하면 틀림없이 안 된다고 할 거야. 혼자 다녀와야 해. 어른들이 다녀오는데 못 다녀올 이유가 없어. 조심조심 주위를 잘 살피면서 다녀오면 아무 일 없을 거야. 자신 있어.'

도투는 이렇게 생각하며 매일 새벽 일찍 일어나 달이봉 아래 굽이쳐 흐르는 강줄기를 살펴보았다. 벌써 몇 번이나 강가에 달려갔다 되돌아왔는지 모른다. 그런데 오늘 마침내 강물이 꽁꽁 얼어붙은 것이다.

도투는 재빠르게 강을 건넜다.

강을 건너 마른 나무가 빼곡 늘어선 야트막한 언덕을 넘으니 사람들이 사는 마을이 나타났다. 가까이서 보니 참 이상했다. 나무나 흙은 보이지 않고 똑바로 솟은 매끈한 회색빛 절벽 사이로 널찍한 길이 곧게 뻗어 있었다. 길바닥도 절벽도 모두 다 회색 빛깔의 바위로 덮여 있었다. 바위가 얼마나 단단한지 풀 한포기 보이지 않았다.

'이렇게 메마른 곳도 다 있네. 그런데 알록달록 빛나는 불빛들은 모두 다 어디 갔지?'

도투는 두리번거리며 사방을 둘러보았다. 움직이는 것은 아무것도 없었다. 반짝이는 것도 없었다. 다만 방향을 알 수 없는 곳에서 들려오는 윙윙거리는 소리에 귀가 먹먹했다. 게다가 뭔지 알 수 없는 이상한 냄새가 코를 찔러 숨이 탁탁 막혔다.

회색 돌덩어리로 둘러싸인 곧은길을 천천히 걸으며 주위를 둘러보던 도투는 적이 실망하고 말았다.

'멋진 곳이 아니잖아. 반짝이는 불빛은 모두 다 어디 간 거야? 공연히 강을 건너왔어. 엄마 말이 맞았어. 엄마 말을 들어야 하는 건데. 그냥 돌아갈까. 아냐, 여기까지 왔는데 그럴 수는 없어. 사람이라는 무서운 동물이 어떻게 생겼는지 그것만 보고 가자.'

도투가 여기저기 기웃거리며 사람의 모습을 찾는데 누군가 등허리를 매만지는 느낌이 들었다. 돌아보니 생전 처음 보는 괴상한 동물이 뭉툭한 코를 들이밀며 킁킁 냄새를 맡고 있었다. 몸집이 도투의 두 배나 되는 커다란 그 짐승은 온몸이 짧고 반들반들한 시커먼 털로 뒤덮여 있었다. 회초리 같은 길쭉한 꼬리를 휘휘 내저으며 등을 코끝으로 비벼 대는 바람에 도투의 온몸에 찌리리릿 소름이 돋았다.

"앗, 큰일 났다. 도망가자."

도투는 온 힘을 다해 내달렸다. 몇 발자국 내딛자 다행히 앞쪽

바위 아래에 조그마한 굴 하나가 시커먼 입을 벌리고 있는 게 눈에 띄었다.

'아, 다행이다.'

도투는 황급히 몸을 틀어 굴을 향해 달려갔다. 사람들이 사는 집 담벼락이 낡아 갈라져 무너지면서 생긴 조그만 구멍이지만 도투는 그 사실을 알 리가 없었다.

'휴우, 이제 살았다.'

도투는 재빨리 굴속으로 뛰어들었다. 굴 안쪽에는 몸을 숨기기 딱 알맞게 덤불숲이 우거져 있었다. 도투는 덤불 밑에 바짝 엎드려 몸을 감추고 굴 바깥을 살펴보았다. 시커먼 짐승이 굴 입구에 다가와 코를 들이밀고 킁킁 냄새를 맡다가 앞발로 마구 굴 바닥을 파헤치기 시작했다.

"컹! 컹! 컹!"

갑자기 천둥 같은 소리가 터져 나오는 바람에 도투는 간이 콩알만 해졌다. 다행히 땅바닥이 아주 단단해 굴 입구는 조금도 넓어지지 않았다. 도투는 몸을 웅크리고 죽은 듯 꼼짝하지 않았다. 조금 시간이 지나면 시커먼 짐승은 굴 안쪽으로 들어올 수 없다는 것을 알고 다른 곳으로 가 버리고 말 것이다.

'도대체 저 사나운 짐승은 뭘까? 나처럼 네 다리로 움직이는 걸

보니 사람이 아닌 것만큼은 분명해.'

도투는 짐승의 정체가 몹시 궁금했다.

잠시 후 시커먼 짐승은 굴속으로 파고 들어가는 건 불가능하다고 깨달았는지 잠시 고개를 갸웃거리며 도투를 쳐다보다가 휙 어딘가로 달려가 버렸다.

한동안 요리조리 귀를 쫑긋거리며 바깥 동향을 살피던 도투는 시커먼 짐승이 먼 곳으로 가 버렸다고 확신하고 살며시 몸을 일으켰다. 그때였다. 등 뒤에서 시끌벅적 요란한 소리가 터져 나왔다.

"아빠, 여기 좀 봐! 우리 집에 멧돼지가 들어왔어."

"멧돼지라고? 아니, 정말 멧돼지가 들어왔네."

"어머, 웬 멧돼지람. 정우야! 위험해. 가까이 가지 마. 어서 이리 올라와. 여보, 얼른 119에 신고해요."

"알았어. 그보다 정우야, 저쪽에 있는 야구 배트 아빠한테 던져 줄래?"

"아빠, 때리지 마. 새끼인가 봐. 아주 작아. 그물 같은 걸로 잡아서 기르면 안 될까?"

"정우야, 조그맣다고 얕보면 안 돼."

"여보, 위험해요. 얼른 안으로 들어와요."

정우네 식구들이 뜰 안에 들어온 도투를 발견하고 야단법석을 떨었다.

'아, 두 발로 걷는 사람들이다.'

도투가 시커먼 짐승을 피해 들어온 곳이 사람들의 영역이었던 것이다.

'마구 으르렁대고 있어. 틀림없이 무섭게 공격하겠지? 가만히 있다가는 큰일을 당하고 말 거야. 어서 피해야 해.'

도투는 굴 바깥으로 고개를 삐죽이 내밀어 주위를 둘러보았다. 시커먼 짐승은 어디 먼 곳으로 갔는지 보이지 않았다. 도투는 재빨리 몸을 일으켜 굴 바깥으로 튀어 나갔다.

굴을 빠져 나와 왼쪽으로 몸을 틀어 내달리려던 도투는 우뚝 멈춰 서고 말았다. 얼마 떨어지지 않은 곳에서 시커먼 짐승이 어슬렁거리며 걷다가 도투의 발소리를 듣고 귀를 쫑긋 세우며 휙 돌아보았던 까닭이다.

시커먼 짐승이 컹컹 우렁찬 소리를 내지르며 도투를 향해 펄쩍펄쩍 달려오는 순간 바위 절벽 한쪽이 펑 뚫어지면서 조금 전에 본 사람들이 큰 소리를 내며 튀어나왔다. 사람들이 대문을 열고 나온 것이지만 도투는 그런 사실을 짐작조차 할 수 없었다.

'아니, 절벽이 펑 뚫리다니…….'

이런 일을 한 번도 본 적이 없는 도투는 몹시 놀라 가슴이 철렁 내려앉았다. 도투는 황급히 몸을 틀어 아무도 없는 반대 방향으로 내달렸다.

그런데 사람들이 여기저기에서 불쑥불쑥 나타나더니 무시무시한 소리를 내지르며 앞을 가로막았다. 도투는 앞으로도 뒤로도 갈 수 없는 궁지에 몰리고 말았다.

'빨리 달려 사람들 옆으로 재빠르게 빠져나가야겠어. 옆을 빠져 나가다가 강한 이빨에 물려 땅바닥에 나뒹굴게 될지도 몰라. 하지만 다른 방법이 없잖아?'

도투는 이를 악물고 맹렬히 내달렸다.

'어, 웬일이지?'

뜻밖에도 사납다는 사람들이 허겁지겁 길을 비켜 주는 것이었다. 도투는 사람들 옆을 바람처럼 재빠르게 빠져나갔다.

"휴우, 살았다. 천만다행이야."

도투는 마른 나무가 빼곡하게 서 있는 조그만 언덕을 넘어 무사히 강가에 도착했다. 뒤를 돌아보니 시커먼 짐승도 사람들도 쫓아오지 않았다.

'제대로 준비도 하지 않고 무턱대고 강을 건넌 건 정말 잘못한 일이야. 크게 다치거나 목숨을 잃었을지도 몰라. 아주 위험한 일이었어.'

도투는 잘못을 뉘우치며 차가운 얼음판 위로 발걸음을 내딛었다.

저 멀리 얼음판 위에서 누군가 도투를 향해 힘껏 달려오는 게 눈에 들어왔다. 엄마다. 도투가 아무도 모르게 혼자 강을 건너간 것을 알고 엄마가 부리나케 달려오고 있는 것이다.

도투는 목청껏 엄마를 부르며 얼음판 위를 내달렸다. 반갑고 고마웠다. 엄마에게 걱정을 끼쳐 드린 일이 미안했다.

엄마에게 미안하기는 했지만 도투의 속마음은 아주 뿌듯했다. 혼자 힘으로 낯선 곳을 무사히 탐험했다는 사실이 스스로 생각하기에도 대견하고 자랑스럽기만 했다.

'무섭다고 옴츠리고 있으면 아무 것도 할 수 없어. 다음번에는 준비를 아주 철저히 해서 다녀올 거야. 지금보다 훨씬 더 잘 해낼 수 있어.'

도투는 어깨를 으쓱이며 얼음판 위를 힘차게 내달렸다. 도투의 입가에서는 연신 벙싯벙싯 웃음이 터져 나왔다.

바위 부처님

"관음보살님께서 네 소원을 들어주신 걸 보니 보람이 네가 그
간 착한 행동을 많이 해 큰 공덕을 쌓은 게 틀림없다. 잘했다. 아
무렴, 잘했고말고. 부처님이 도와주시니 엄마 병은 금세 다 나을
게다. 자, 이제 일어나렴."

청운사 대웅전 팔작지붕 밑으로 활처럼 비스듬히 휘어지며 돌아가는 숲길로 접어들자 저만치 약수터가 보였다. 커다란 바윗돌을 둥글게 깎아 낸 함지박 모양의 아담한 샘이다. 울창한 잣나무 숲 사이로 이어지는 고즈넉한 길 끄트머리 볕이 잘 들지 않는 곳이어서 샘 주위에 싱그러운 초록빛 솔이끼가 그득하다. 바위틈에서 펑펑 솟는 물은 아무리 날이 가물어도 그치는 일이 없다고 한다. 부처님의 따뜻한 손길처럼 고마운 샘이다.

약수터 옆에 비석을 세워 놓은 듯 우뚝 솟은 커다란 바위의 앞면에 인자한 미소를 머금은 부처님이 한 분 새겨져 있다. 부처님의 자태가 잘 보이도록 가볍게 돋을새김한 마애불이다.

바위 부처님이 눈에 들어오자 보람이는 서둘러 발걸음을 재촉했다. 어서 빨리 달려가 부처님께 고맙다는 인사를 드리고 싶었다.

바위 부처님 앞에는 나이 드신 아주머니 대여섯 분이 한데 모여 두 손을 모으고 고개를 숙인 채 뭔가를 기원하고 있었다. 물기가 마르지 않은 촉촉한 흙바닥인데도 아랑곳하지 않고 엎드려 절을 올리는 사람도 있었다. 낯선 타지 사람들이었다. 울긋불긋한 등산복 차림새로 보아 도시에서 나들이 나온 관광객이 틀림없어 보였다.

절 앞에 큰 길이 나기 전에는 관광객이 거의 없었다. 가파른 도티재를 걸어 넘어와야 하기 때문에 외지 사람은 대부분 이곳을 찾아볼 엄두를 내지 못했다. 그런데 지난해 늦가을 절 너머 군 부대로 가는 큰 도로가 새로 만들어지면서 일요일이나 휴일에 많은 사람이 찾아오기 시작했다. 하나둘 찾아 온 외지 사람의 입을 통해 청운사 바위 부처님이 영험하다는 소문이 널리 퍼진 까닭이다.

부처님 앞에서 정성껏 기도하면 한 가지 소원이 꼭 이루어진다는 소문이다. 소문은 말 그대로 사실이다. 삼 년 전 이 마을에 이사 온 보람이는 동네 사람들에게서 바위 부처님 앞에서 정성껏 빌어 소원을 이루었다는 이야기를 많이 들었다.

바위에 새겨 놓은 부처님이 어떻게 소원을 들어줄까. 보람이는 기적 같은 이야기를 들으면서도 '설마 그런 일이 일어날까? 사람들이 착각을 하고 있거나 거짓말을 하는 거야.' 내심 의심하고 있었다.

그런데 얼마 전 바위 부처님께 정성껏 소원을 빌고 난 후 보람이의 마음속에 있던 의심은 눈 녹듯 사라져 버렸다. 부처님이 정말 소문대로 보람이의 소원을 들어주신 것이다.

바위 부처님 앞에 선 보람이는 조금 망설였다.

'사람들이 없으면 좋을걸. 아주머니들이 모두 다 소원을 빌고 떠날 때까지 기다려 볼까.'

이렇게 생각하던 보람이는 고개를 가로저었다.

'오늘은 일요일이잖아. 많은 사람들이 찾아올 텐데……. 인적이 끊어질 때가 없을 거야. 조금 쑥스럽지만 그냥 할 수밖에 없어.'

보람이는 아주머니들 옆에 쪼그려 앉아 준비해 온 꽃병과 꽃을 배낭에서 꺼내 부처님 앞에 내려놓았다. 대단한 것은 아니었다. 학교 화단에서 꺾어온 파란 수레국화꽃 한 다발과 반으로 자른 페트병이었다. 보람이가 페트병에 물을 채우고 꽃을 담아 쓰러지지 않게 잘 세워 놓은 후 무릎을 꿇고 합장을 하려는데 누군가가 소리쳤다.

"어머, 얘 좀 봐. 꽃까지 준비했네. 멋진 수레국화 아니야? 얘가 무슨 큰 소원이 있나 봐."

돌아보니 땅바닥에 엎드려 절을 하던 아주머니 한 분이 상체를 일으킨 채 호기심이 가득한 눈빛으로 보람이를 바라보고 있었다.

"우리는 아무 것도 준비하지 않았는데 어떡하지?"

두 손을 모으고 서 있던 아주머니가 안타까운 소리를 내자 옆에 있던 다른 아주머니가 손사래를 쳤다.

"마음이 중요한 거야, 마음이. 정성을 다해 절을 하면 돼. 겉치레일 뿐인 형식을 따질 필요는 없어."

맞는 말이라는 듯 고개를 끄덕이던 아주머니 한 분이 가만히 보람이를 바라보더니 눈을 반짝였다. 무슨 좋은 생각이 떠오른 모양이었다.

"그 말도 맞지만 그래도 그렇지. 부처님이 소원을 들어주시려다가 정성이 부족하다고 등 돌리시겠다. 우리 저 아이에게서 꽃송이 몇 개만 얻자. 애야, 꽃송이 몇 개만 나눠 줄래?"

꽃이야 얼마든지 나눠 드릴 수 있다.

"네, 여기서 마음대로 가져가세요."

보람이가 흔쾌히 대답하며 페트병을 들어 올리자 아주머니는 한쪽 눈을 찡긋하며 환한 미소를 터트렸다. 아주머니들은 수레국화꽃 세 송이를 뽑아 부처님 앞에 단정히 놓고 두 손을 모아 정성껏 소원을 빌었다. 보람이도 아주머니들이 바라는 소원이 모두 다 이뤄지기를 기원했다.

아주머니들이 떠나자 약수터에는 깊은 정적이 내려앉았다. 보람이는 아주머니들이 땅바닥에 내려놓은 수레국화꽃을 집어 페트병에 담아 놓은 후 조용히 무릎을 꿇고 앉았다. 주위에 아무도 없어 마음이 아주 편했다.

"부처님, 고맙습니다."

보람이는 눈을 감고 두 손을 모아 감사의 기도를 올렸다.

열흘 전 보람이는 하늘이 무너지는 엄청난 소식을 들었다. 잠결에 들은 부모님의 말씀이었다. 엄마가 암이 발병했다는 진단을 받았다는 것이다. 엄마와 아빠는 밤늦도록 잠을 이루지 못하고 응접실에서 마주 앉아 한숨을 내쉬며 어쩔 줄 몰라 하고 있었다. 엄마가 곧 돌아가시게 되었다는 생각에 보람이는 눈물을 펑펑 쏟았다. 어떻게 해야 하나 고민하는데 문득 청운사 바위 부처님 생각이 났다.

'청운사 바위 부처님은 한 가지 소원을 들어주신다고 하는데 아직 한 번도 소원을 말하지 않았으니까 이번에 부탁을 하면 꼭 들어주실 거야.'

일요일 오후 보람이는 도티재를 넘어 청운사에 가 영험하신 바위 부처님 앞에 앉아 정성껏 소원을 빌었다. 이후 보람이는 집에서도 학교에서도 틈만 나면 '부처님, 엄마를 꼭 살려 주세요.' 정성껏 기도했다.

그런데 지난 금요일 학교에서 돌아온 보람이는 깜짝 놀랐다. 응접실에 앉아 있는 엄마가 얼굴 가득 환한 미소를 머금고 있었고 아빠도 기쁨을 참지 못하겠다는 듯 싱글거리고 있었던 까닭이었다.

무슨 일일까. 궁금해 조바심이 난 보람이에게 아빠가 들려준 이야기는 정말 뜻밖이었다. 엄마의 몸에 암이 생기긴 했는데 걱정할 게 아니란다.

"오늘 정밀 진단받으러 병원에 갔더니 의사 선생님이 갑상선에 작은 이상이 있는데 생명에는 지장이 없고 몇 달 꾸준히 치료받으면 나을 거라고 하시더라. 암이라고 해서 깜짝 놀랐는데 이만한 게 얼마나 다행인지 모르겠다."

암이지만 쉽게 치료된다는 말에 보람이는 기쁨에 겨워 엄마 품에 달려들었다. 따뜻한 엄마 품에 안긴 보람이의 두 눈에서는 눈물이 왈칵 쏟아져 나왔다. 기쁨의 눈물이었다. 흐릿한 눈물 사이로 보람이는 활짝 웃는 청운사 바위 부처님의 얼굴을 보았다.

부처님이 보람이의 소원을 들어주신 것이다.

"보람아, 무슨 큰 소원이 있는 게로구나."

눈을 감고 깊은 생각에 잠겨 있던 보람이는 옆에서 들려오는 굵은 목소리에 깜짝 놀라 눈을 떴다. 둘러보니 청운사 주지스님이 하얀 플라스틱 통을 들고 옆에 서 계셨다. 약수를 뜨러 왔다가 바위 부처님 앞에 앉아 있는 보람이를 알아보신 것이다.

보람이는 얼른 합장하고 고개 숙여 절을 했다.

"스님, 그간 안녕하셨어요? 소원을 빌고 있는 게 아니라 부처님이 제 소원을 들어주셔서 고맙다는 인사를 하고 있었어요."

"오호, 그렇구나. 그래서 저렇게 예쁜 수레국화꽃을 가져다 놓았구나. 빛깔이 참 곱기도 하다. 헌데 부처님이 무슨 소원을 들어주셨니?"

스님의 물음에 보람이는 자초지종을 알려드렸다.

이야기를 다 듣고 난 스님이 잠자코 고개를 끄덕였다.

"여기 이 마애불은 관음보살님이다. 사람들이 어려움에 처해 있으면 여러 가지 다른 모습으로 나타나 도와주시는 부처님이시지. 관음보살님이 도와 달라고 기원하는 모든 사람들에게 도움의 손길을 내미는 것은 아니란다. 관음보살님께서 네 소원을 들어주신 걸 보니 보람이 네가 그간 착한 행동을 많이 해 큰 공덕을 쌓은 게 틀림없다. 잘했다. 아무렴, 잘했고말고. 부처님이 도와

주시니 엄마 병은 금세 다 나을 게다. 자, 이제 일어나렴. 감사 인사는 충분하니 나하고 같이 돌아가자."

스님은 보람이의 손을 잡고 잣나무 숲길 사이로 곧게 뻗은 길 위로 발걸음을 내딛었다. 스님께 칭찬을 들으니 부끄럽기도 하고 기쁘기도 했다. 부드러운 미풍이 열에 들떠 발갛게 상기된 보람이의 볼을 가볍게 쓰다듬으며 지나갔다. 세상일을 모두 다 보고 계시는 관음보살님의 손길일까? 보람이가 머리를 반짝 쳐들어 하늘을 보니 파란 하늘에 몽실몽실 떠 있는 뭉게구름이 인자한 부처님 얼굴을 하고 환한 미소를 쏟아 내고 있었다.

참새풀

　영희는 바람을 타고 하늘로 날아오르는 민들레 꽃씨들에게 손을 흔들었습니다. 참새의 영혼이 하늘나라에 올라가 더 크고 아름다운 새로 다시 태어나기를 빌면서 손을 흔들었습니다. 기쁜데도 왠지 자꾸만 눈물이 나왔습니다.

어느 맑은 일요일 아침, 영희는 무척 심심했습니다. 아빠는 해가 뜨기도 전에 낚시하러 가셨고, 엄마는 외할머니께서 입원하신 병원에 병문안을 가셨기 때문입니다. 하루 종일 텅 빈 집에 혼자 있어야 합니다.

 영희는 열흘 전에 이곳으로 이사 왔기 때문에 친구가 없습니다. 피아노를 치기도 하고 전에 읽었던 동화책을 다시 펼쳐보기도 했지만 재미가 없습니다.

 영희는 발코니에 나가 의자에 앉아서 아파트 아래를 내려다보았습니다. 아파트 광장에는 성냥갑 같은 색색의 자동차들이 줄을 지어 서 있었습니다. 그 사이에서 조그마한 아이들이 여기저기 모여 공을 차기도 하고 숨바꼭질도 하면서 뛰어다니고 있었습니다.

앞산에는 노란 불도저가 구르릉거리며 산을 깎아 내고 있었습니다. 징그러운 멸강나방 애벌레가 풀밭을 순식간에 갉아먹어 버리듯 불도저는 푸른 숲을 허겁지겁 먹어 치우고 있었습니다. 영희가 이사 온 이 아파트도 작년에는 논이 있었던 곳이라고 합니다.

그 숲에서 새 몇 마리가 하늘로 솟아올랐습니다. 새들은 숲 위를 몇 차례 맴돌다가 영희가 살고 있는 아파트 쪽으로 날아오기 시작했습니다. 집을 잃게 된 새 한 가족이 이사할 곳을 찾고 있는 모양입니다. 그렇지만 영희네 집 근처 어디에도 새들이 집을 지을 만한 푸른 숲은 보이지 않았습니다.

"새들아, 이리 오렴. 이곳에 너희들이 살 집을 지어 줄게."

그러나 새들은 영희의 말을 듣지 못한 듯 아파트 앞을 지나 먼 곳으로 날아가 버렸습니다.

"다음 일요일에는 아빠하고 예쁜 새집을 만들어 발코니에 달아야겠어. 그러면 이사할 곳을 찾는 저 새들이 우리 집에 들어와 살겠지? 매일 맛있는 모이를 줄 거야. 새들은 아침마다 나를 알아보고 예쁘게 지저귀겠지? 우리는 참 좋은 친구가 될 거야."

눈부신 오월의 햇살이 발코니를 가득 채우고 있었습니다. 분수처럼 쏟아지는 햇빛 속에서 영희는 사르르 잠이 들었습니다. 깜빡 잠이 든 영희는 어디선가 지나가는 비행기 소리에 눈을 떴습니다.

"무슨 비행기가 지나갔을까?"

영희는 창가에 바싹 다가가서 하늘을 올려다보았습니다. 맑은 하늘에는 흰 구름만 뭉게뭉게 피어나고 있을 뿐 아무 것도 보이지 않았습니다.

그때였습니다.

'툭, 툭, 툭…….'

누군가 창문을 두드리는 소리가 들렸습니다. 영희는 깜짝 놀랐습니다. 9층이나 되는 아파트 발코니 창문을 두드릴 사람은 없기 때문입니다. 영희가 소리 나는 쪽을 가만히 살펴보니 아, 그것은 귀여운 한 마리 참새였습니다. 영희가 깜빡 잠든 새 이사할 집을 찾던 참새가 열린 창문을 통해 영희네 발코니에 날아든 모양입니다.

영희는 살금살금 발소리를 죽여 참새에게 다가갔습니다. 영희가 가까이 오는 것을 알아차린 참새는 날개를 펄럭이며 허둥대기 시작했습니다.

"무서워하지 마라, 참새야."

영희는 참새에게 부드럽게 속삭이며 발코니 유리문을 모두 닫았습니다. 참새는 유리창에 몸을 대고 파드득거리며 나갈 곳을 찾다가 주르륵 미끄러지곤 하였습니다. 그러다가 방향을 바꿔 방 안으로 날아갔다가 다시 발코니로 돌아오면서 그만 유리창에 부딪혀 바닥에 나뒹굴고 말았습니다.

영희는 얼른 뛰어가 참새를 두 손으로 집어 들었습니다. 부드러운 갈색 털이 손끝을 간질였습니다. 영희의 손에서 참새는 까만 눈을 이리저리 굴리고 날개를 움찔대면서 빠져나가려 안간힘을 썼습니다. 그 작고 따뜻한 가슴이 쿵, 쿵, 쿵 심하게 요동하고 있었습니다.

"놀라지 마라, 참새야. 널 괴롭히려는 게 아니란다. 너에게 예쁜 집과 맛있는 먹이를 주려는 거란다."

영희는 지난해 여름 곤충채집 때 썼던 플라스틱 통을 꺼내 와 그 안에 참새를 가만히 집어넣었습니다. 참새는 좁은 통 안에서 마구 날개를 파드득거렸습니다. 참새가 날개 칠 때마다 플라스틱 통이 기우뚱거리며 쓰러지려 했습니다.

영희는 가슴이 아팠습니다. 날개를 다칠지도 모르기 때문입니다. 하지만 조금 시간이 지나면 참새가 영희의 마음을 알게 될 것이며 그러면 참새는 영희와 한 가족처럼 재미있게 살 수 있게 될 것입니다. 영희는 기다리기로 작정했습니다.

한동안 날개를 파드득거리며 요동하던 참새가 플라스틱 통 바닥에 다리를 모으고 얌전히 앉았습니다. 그리고는 고개를 갸우뚱거리며 영희를 쳐다보았습니다.

"그래, 이제야 내 마음을 알게 되었나 보구나."

영희의 마음이 보름달처럼 환하게 밝아졌습니다. 영희는 냉장고에서 샌드위치를 꺼내 빵과 달걀을 얇게 저며 통 안에 넣어 주었습니다. 참새는 먹을 것에는 눈도 돌리지 않고 날개를 파닥이며 통 바깥으로 날아오르려고만 했습니다.

"걱정하지 마, 참새야. 여기가 네 집이란다. 며칠만 지나면 마음대로 날아다니게 해 줄게. 그렇지만 지금은 안 돼. 왜 그런 줄 알아? 지금은 네가 여기가 네 집인 줄을 모르기 때문이야."

영희는 자기의 마음을 몰라주는 참새가 조금 원망스러웠습니다. 하지만 여기가 새로운 집인 줄 알고 나면 참새는 친구와 가족들을 이곳에 데려올 것입니다. 그러면 영희네 발코니는 깊은 숲속처럼 늘 새소리로 가득할 것입니다. 영희는 기쁨에 가슴이 뛰었습니다.

"영희야, 참새는 사람이 기를 수 없는 새란다. 좁은 새장에서는 살지 못해요. 저렇게 가두어 두면 곧 죽고 만단다. 저런, 벌써 지쳐서 힘이 하나도 없구나. 엄마가 내일 시장에 가서 큰 새장과 예쁜 앵무새를 사 올 테니 저 참새는 놓아주렴."

저녁에 집에 돌아오신 엄마가 참새를 보고 놓아주라고 말씀하셨습니다.

"아니야, 나는 기를 수 있어. 나 혼자서 기를 거야."

영희는 엄마의 말을 듣지 않고 기르겠다고 우겼습니다.

낚시터에서 돌아오신 아빠도 영희에게 똑같은 말씀을 하셨습니다.

"우리 영희가 새를 좋아하는 줄 몰랐는걸. 엄마하고 내일 시장에 가서 예쁜 새를 사다가 기르도록 하렴. 그리고 오늘은 날이 너무 어두워졌으니 내일 아침에 놓아주도록 하자."

영희는 아무 말도 하지 않았습니다.

'내일이 되면 모든 게 달라질 거야. 참새가 내 마음을 알게 될 거고 모이도 맛있게 먹을 거야. 좁은 데 있느라고 답답하겠지만 참새야, 내일까지만 참아. 넓은 새장을 만들어 줄게.'

영희는 마음속으로 다짐했습니다.

다음날 아침, 눈을 뜨자마자 영희는 발코니로 달려 나갔습니다. 그런데 플라스틱 통이 텅 비어 있었습니다. 누군가 새를 날려 보낸 모양입니다.

"영희야, 참새는 사람이 기를 수 없는 새라고 그랬지? 어제 놓아주어야 했었는데……. 아침에 보니 밤사이에 죽었더구나."

부엌에서 엄마가 영희를 보며 말씀하셨습니다.

발코니에 놓인 작은 항아리 위에 죽은 참새가 누워 있었습니다. 길게 죽 뻗은 다리 끝에 철사줄 같은 여린 발가락이 갈고리처럼 뭉쳐 있었습니다. 영희는 눈물이 왈칵 쏟아져 나왔습니다.

"아, 얼마나 네가 답답하고 아팠을까. 네가 이렇게 죽어 버릴 줄 알았으면 너를 우리 집에 붙잡아 두려고 하지 않았을 텐데."

영희는 엉엉 소리 내어 울었습니다. 울어서 죽은 참새가 다시 살아날 수만 있다면 하루 종일이라도 울고 싶었습니다.

엄마가 집게를 들고 참새를 가리키면서 쓰레기통에 버려야겠다고 말씀하셨습니다. 영희는 깜짝 놀랐습니다.

"엄마, 안 돼. 땅에 묻어 줄 거야. 저 앞산에 묻어 줄 거야."

영희는 얼른 참새를 집어 들었습니다.

그 모습을 보고 엄마가 혀를 끌끌 차며 말씀하셨습니다.

"저 앞산에 묻어도 금방 불도저가 다 파헤치고 만단다. 이 근처에 참새를 묻을 만한 곳은 아무 데도 없어. 공연히 쓸데없는 짓 말고 어서 이리 주렴."

영희가 슬픈 얼굴빛으로 망설이자 아빠가 말씀하셨습니다.

"영희가 아주 아쉬운 모양이구나. 그러면 저기 있는 빈 화분에 묻어 주는 게 어떻겠니? 그래, 아빠하고 같이 묻도록 하자."

영희는 아빠와 함께 모종삽으로 딱딱하게 굳은 흙을 파헤치고 참새를 화분에 묻었습니다. 죽은 참새가 부디 더 크고 아름다운 새로 다시 태어나기를 빌면서 정성스럽게 흙을 덮어 주었습니다.

한 달쯤 지난 어느 날이었습니다.

발코니에서 화분을 들여다보던 영희는 깜짝 놀랐습니다. 화분에서 파란 싹이 삐죽 솟아올랐기 때문입니다.

"엄마, 화분에서 풀이 돋아났어요. 죽은 참새가 풀로 다시 살아난 거예요."

영희는 호들갑을 떨면서 물을 떠다가 화분에 흠뻑 뿌려 주었습니다.

"원, 얘는……. 어디선가 풀씨가 날아온 거겠지."

엄마가 대수롭지 않은 듯 거들떠보지도 않았습니다. 하지만 영희는 아침마다 눈을 뜨면 발코니로 달려가 화분에 물을 주며 풀이 자라는 모습을 지켜보았습니다.

"영희야, 민들레가 아주 탐스럽게 자라는구나."

어느 맑은 아침, 발코니에서 체조를 하던 아빠가 화분에서 자라고 있는 풀을 보고 말씀하셨습니다.

"아빠, 이 풀 이름은 민들레가 아니야. 참새풀이야, 참새풀."

"참새풀이라고? 그래, 맞아. 참새가 죽은 데서 자란 풀이니까 참새풀이 맞지."

아빠는 껄껄 웃으시면서 영희의 말이 맞다고 하셨습니다.

무럭무럭 자란 풀은 어느 날 짙은 노란 빛의 탐스러운 꽃 한 송이를 피웠습니다. 귀여운 노란 꽃송이는 참새의 눈망울 같기도 했고 앙증맞은 부리 같기도 했습니다. 가만히 귀 기울이면 짹짹 지저귀는 새소리가 들려오는 것 같았습니다.

며칠 지나자 둥근 꽃송이는 시드는가 싶더니 은빛 털이 보송보송한 아름다운 왕관으로 모습을 바꾸었습니다. 그 왕관은 참새의 가슴 깃처럼 아주 부드럽고 탐스러웠습니다.

며칠 후 하얀 깃털들은 하나하나 몸에서 떨어져 하늘로 날아오르기 시작했습니다. 영희는 발코니 유리문을 모두 활짝 열어젖혔습니다. 참새의 영혼이 하늘나라로 올라가는 것이기 때문입니다.

"잘 가, 참새야. 이제는 나를 용서할 수 있겠지? 안녕……."

영희는 바람을 타고 하늘로 날아오르는 민들레 꽃씨들에게 손을 흔들었습니다. 참새의 영혼이 하늘나라에 올라가 더 크고 아름다운 새로 다시 태어나기를 빌면서 손을 흔들었습니다. 기쁜데도 왠지 자꾸만 눈물이 나왔습니다. 구름 한 점 없는 푸른 하늘에서 해님이 영희를 내려다보며 따뜻한 미소를 보내고 있었습니다.

황금박쥐

"사람이 죽고사는 문제인데 천연기념물이 뭐가 그리 중요하단 말이냐. 옮겨 놓는다고 해서 바이러스가 어디 가겠느냐? 다시 돌아오겠지. 더 이상 너와 이러쿵저러쿵 말할 거 없다. 내일 당장 구멍을 막아 버리겠으니 그리 알거라."

도티말 웃뜸 지영이네 뒷마당 바위절벽에는 한동안 황금박쥐가 살고 있었다. 지금은 모두 사라졌다. 더 이상 마을 어디에서도 황금박쥐는 보이지 않는다.

이름에 황금이라는 말이 붙어 있지만 박쥐의 몸통이 금메달처럼 번쩍번쩍 빛나는 건 아니다. 오렌지 빛을 머금은 짧은 갈색 털이 온몸을 감싸고 있을 뿐이다. 밝은 털빛이 아주 곱고 보드라워 누군가 황금박쥐라는 이름을 붙여 주었을 것이다. 크기는 아주 작다. 참새보다도 작다. 날개를 쫙 펼쳐도 지영이 손바닥 안에 쏙 들어갈 정도다.

지영이가 황금박쥐를 알게 된 것은 도티말에 이사 온 재작년 여름 어느 날 아침이었다. 동녘 하늘이 훤하게 터질 무렵 조그마한 박쥐 한 마리가 지영이네 거실로 날아 들어온 것이다.

아빠가 얼른 창문을 닫고 잠자리채로 낚아챘다.

"지영아, 박쥐다. 예쁘지? 뒷마당 절벽 아래쪽 구멍 속에서 살고 있는 것 같은데, 우리 집에 누가 사나 궁금해서 슬쩍 들어왔나 보다. 이 녀석도 우리 가족이나 마찬가지니 놓아주어야겠다."

"아빠, 잠깐만."

아빠가 박쥐를 풀어 주려 하자 지영이는 부리나케 스마트폰을 꺼내와 사진 몇 장을 찍었다. 우리 집에 같이 살고 있는 가족이니 이름이 무엇인지 무엇을 먹고 사는지 정확히 알고 싶었다.

"귀한 황금박쥐가 살고 있구나. 멸종위기종이라 나라에서 천연기념물로 지정하여 보호하고 있는 동물이란다. 밤에 해충을 잡아먹는 유익한 생물이지. 해치지 말고 잘 보호해 주렴."

폰 사진을 보고 담임선생님께서 정확한 이름과 특징을 알려 주셨다.

그날 이후 지영이는 황금박쥐들의 움직임을 눈여겨 살펴보았다. 박쥐들은 낮에는 하루 종일 절벽 아래 바위 구멍 속에서 잠을 자는지 꼼짝도 하지 않다가 해가 지면 밖으로 나왔다. 모두 열 마리 정도 되는 것 같았다.

백 마리쯤 불어나 매일 저녁 밤하늘을 가득 채우면 얼마나 멋질까. 기원했지만 날이 가도 황금박쥐의 수는 그다지 늘지 않았다. 멸종위기종이라고 하는데 저러다 다 사라지는 게 아닐까. 황금박쥐를 생각할 때마다 지영이의 마음속에는 걱정이 앞섰다.

"아니, 지영아! 저…… 저거 박… 박쥐 아니냐?"

노을빛이 시뻘겋게 물든 하늘을 재빨리 가로지르며 날아가는 황금박쥐 무리를 손가락으로 가리키며 할머니가 외마디 비명을 터트렸다. 배롱나무 붉은 꽃이 팝콘처럼 터져 나오던 구월 첫 주 토요일 저녁, 지영이가 마당에 펴놓은 멍석에서 할머니와 저녁 노을을 지켜보고 있던 때였다.

"네, 박쥐 맞아요, 황금박쥐. 뒷마당 바위 절벽 속에서 살아요. 할머니, 저 박쥐들 참 예쁘지요? 조그만 게 얼마나 귀여운지 몰라요."

"뭐라고? 박쥐가 귀엽다고? 얘가 대체 무슨 말을 하는 거야? 정말 큰일 날 소리를 하는구나. 게다가 저 박쥐들이 뒷마당에서 살고 있다고?"

할머니가 눈살을 찌푸리며 몹시 화난 듯 목소리를 높였다. 지영이는 까닭을 알 수 없어 멍하니 할머니의 얼굴을 바라보았다. 잠시 숨을 씩씩대며 무엇인가를 곰곰이 생각하던 할머니는 아무 말 없이 벌떡 일어나 방으로 들어가셨다.

할머니는 서울에서 큰아버지 가족과 같이 살고 있었는데, 지난 주 도티말 지영이네 집에 내려오셨다. 뜻밖이었다. 그간 지영이 할머니는 시골 생활이 불편하다며 한 번도 온 적이 없었던 까닭이다. 대체 갑자기 웬일일까.

"할머니가 사는 아파트 단지에 코로나 바이러스 확진자가 스무 명이나 나왔다는구나. 그래서 코로나가 물러갈 동안 잠시 청정지대인 도티말에 머무르려 오신 거야. 할머니 말씀 잘 듣고 불편한 거 없게 잘 도와드려야 한다."

아빠의 말에 지영이는 어찌된 일인지 알 수 있었다. 지난겨울 느닷없이 시작된 코로나 바이러스 감염증이 잠시 수그러드는 것 같더니 늦여름이 되면서 수도권을 중심으로 급격히 확산되고 있는 탓에 잠시 피난 오신 것이다. 도티말은 지금껏 확진자가 한 명도 없었을 뿐 아니라 감염 의심자조차 전혀 나오지 않은 코로나 바이러스 청정지역이다. 깊은 산골이라 공기가 맑고 주변이 깨끗하기 때문일 것이다.

할머니는 오랫동안 오케스트라에서 바이올린 연주 활동을 하신 분이다. 그런 할머니가 오신다는 말에 지영이는 밤잠을 설치며 기대에 부풀었다. 바이올린을 배우고 싶었다. 아빠에게서 지영이의 마음을 전해들은 할머니는 선물로 바이올린을 사 가지고 오셨다. 도티말에 머무는 동안 기초적인 바이올린 주법을 가르쳐 주시겠다고 했다. 지영이는 뛸 듯이 기뻤다.

할머니가 온 이래 지영이는 매일 두세 시간씩 지도를 받아 점차 바이올린의 매력에 빠져들고 있었다. 할머니의 가르침은 아주 세심하고 자상했다.

그런 할머니가, 큰 목소리 한번 내지 않고 상냥하기만 한 할머니가 마치 다른 사람이라도 된 것처럼 무섭게 화를 내신 것이다. 지영이에게 그 모습은 몹시 낯설고 이상했다. 방으로 돌아간 할머니는 아빠를 불러 들여 꾸중하듯 목소리를 높였다.

"코로나 바이러스는 박쥐 몸속에 있다가 사람에게 옮겨 오는 몹쓸 병균이라고 하지 않더냐. 바이러스를 몸에 지니고 있는 위험한 동물이 집안에 살고 있다니 정말 소름이 끼친다. 내일 당장 박쥐가 들락거리는 바위 구멍을 틀어막아 더 이상 박쥐가 보이는 일이 없도록 해라."

"어머니, 걱정하지 마세요. 여기는 코로나 바이러스가 없어요. 조금도 위험하지 않으니 마음 푹 놓고 편히 쉬세요. 게다가 박쥐가 바이러스를 옮긴다는 것도 확실히 밝혀진 사실은 아니라잖아요."

아빠가 별일 아니라는 듯 환하게 웃으며 입을 열었지만 할머니는 여전히 눈살을 찌푸린 채 굳은 표정을 풀지 않았다.

"아니다. 그렇게 쉽게 생각할 일이 아니다. 네가 농사일로 몹시 바빠 경황이 없는 모양이구나. 내가 내일 사람을 찾아 시멘트로 바위 구멍을 막아 놓겠으니 내게 맡겨 두어라."

당황한 아빠가 할머니 앞으로 몸을 숙이며 손을 내저었다.

"어머니, 안 돼요. 황금박쥐는 천연기념물이라 잘 보호해야 해요. 정 그렇게 걱정이 되시면 제가 주말쯤 어디 먼 곳에 옮겨 놓을게요."

"안 되다니……. 사람이 죽고사는 문제인데 천연기념물이 뭐가 그리 중요하단 말이냐. 옮겨 놓는다고 해서 바이러스가 어디 가겠느냐? 다시 돌아오겠지. 더 이상 너와 이러쿵저러쿵 말할 거 없다. 내일 당장 구멍을 막아 버리겠으니 그리 알거라."

아빠는 고개를 숙인 채 한동안 아무 말이 없었다. 무척 곤혹스러운 표정이었다.

다음날 할머니는 아침 일찍부터 읍내에 전화를 걸어 공사를 맡을 사람을 수소문하더니 마침내 건설공사 전문 업체와 계약을 했다. 할머니는 업체 직원에게 한낮 햇볕이 따갑게 내리쬘 때 공사를 마무리 해 줄 것을 당부했다. 저녁이 되면 잠에서 깨어난 박쥐들이 모두 동굴을 빠져나올 것이니 그전에 미리 일을 마쳐야 한다고 했다.

오후 두 시쯤 건설업체 직원이 지영이네 집에 찾아와 바위 구명을 자갈 섞은 시멘트 콘크리트로 단단히 틀어막았다. 박쥐가 드나드는 작은 구멍 입구뿐만 아니라 절벽 안쪽으로 움푹 팬 바위틈까지 모두 다 꼼꼼히 메워 버렸다.

황금박쥐 일가는 숨이 막혀 죽거나 굶어 죽고 말 것이다. 굶어 죽느니 차라리 숨이 막혀 죽는 것이 황금박쥐들에게는 더 나은 일이 될지도 모른다.

황금박쥐들을 위해 아무 일도 할 수 없는 지영이는 눈물을 글썽이며 지켜볼 수밖에 없었다. 바이올린을 가르쳐 주던 온화한 자태가 온데간데없이 사라져 버린 할머니가 몹시 낯설고 원망스러웠다.

그날 밤 늦도록 지영이는 잠을 이루지 못했다.

한동안 뒤척이던 지영이는 벌떡 일어나 책꽂이 옆에 걸어 둔 바이올린을 침대 위로 옮겨 놓았다. 잠시 바이올린을 내려다보던 지영이는 느슨하게 풀어놓은 바이올린 줄 네 개를 하나하나 팽팽히 잡아당기면서 가위로 뚝 뚝 잘라냈다. 이미 죽었거나 아니면 고통 속에서 죽어 가고 있을 황금박쥐들을 위해 진혼곡을 울리듯 경건하게 잘라 냈다. 더 이상 바이올린을 켜지 못한다는 게 조금도 슬프거나 아쉽지 않았다.

레터, 플리이즈

"혼자 갈 수 있겠지? 두 시간만 가면 된단다. 비행기 탈 때부터 내릴 때까지 스튜어디스 누나가 잘 돌봐 줄 거야. 오사카 공항에 도착하면 아빠가 마중 나오실 거구. 두 시간만 참으면 돼. 할 수 있겠지?"

여름방학 첫날 아침, 휴대폰 알람 소리에 잠이 깬 솔이는 부리나케 창으로 달려가 커튼을 열어젖혔다. 구름 한 점 없는 쪽빛 하늘이 눈부시게 아름다웠다. 밤사이 비가 그친 것이다.

"야호."

솔이는 신이 나서 펄쩍 뛰며 소리 질렀다.

어젯밤만 해도 비가 주룩주룩 내리고 바람까지 쌩쌩 불어 걱정이 이만저만 아니었다. 지난밤 아홉 시 뉴스 시간에 기상 캐스터는 북한 땅 황해도에 상륙한 태풍이 열대성저기압으로 바뀌어 내일까지 중부지방에 많은 비가 내릴 것이라고 예보했다.

'비가 많이 쏟아지면 비행기가 뜰 수 없다는데……'

걱정하느라 솔이는 한참 동안 뒤척이다 겨우 잠이 들었다.

'센 바람에 휩쓸려 열대성저기압이 어디론가 멀리 밀려가 버린

모양이야. 정말 다행이야. 이렇게 날이 맑으니 비행기는 예정대로 출발할 테지?'

솔이의 입가에 벙싯벙싯 웃음이 터져 나왔다.

"솔이야, 벌써 일어났구나. 잘 잤니?"

엄마가 방문을 열고 들여다보며 활짝 웃으셨다.

"비가 거짓말처럼 그쳤어. 바람도 안 불고."

"그래, 잘됐지? 솔이야, 열한 시 비행기이니 집에서 여덟 시 전에는 나가야 해. 알았지? 어서 준비하렴."

"엄마, 걱정하지 마. 준비 다 했어. 옷만 입으면 돼."

솔이는 어제 싸 놓은 여행 가방과 배낭을 가리키며 의젓하게 말했다. 엄마가 대견하다는 듯 고개를 끄덕였다.

오늘은 엄마와 함께 일본에 가는 날이다. 초등학교 4학년인 솔이가 난생처음 떠나는 해외여행이다. 첫 해외여행이라 마음이 설레기도 하지만 무엇보다 더 기쁜 것은 석 달 만에 아빠를 만나는 일이다.

솔이 아빠는 태양광 발전 기술을 연구하는 과학자이다. 일본에서도 공부했고 미국에서도 공부했다. 솔이 아빠가 공동연구를 하기 위해 일본 오사카에 있는 친환경에너지연구소에 간 것은 석 달 전이다. 연구를 마무리하려면 아직 두 달 정도 더 일본에 있어야 한다.

　연구소는 모레부터 열흘간 여름휴가다. 한 달 전 솔이 아빠는 이번 여름휴가 기간에 가족이 모두 함께 모여 일본의 옛 도읍지인 교토와 나라를 둘러보면서 즐겁게 보내자고 했다. 그래서 여름방학이 시작되자마자 솔이는 엄마와 함께 일본 여행을 떠나게 된 것이다.

　이불을 개려던 솔이는 문득 이마를 찌푸렸다.

　일본 말을 모르는 게 걱정이다. 세계 공용어라고 하는 영어도 그다지 잘하지 못한다. 학교에서 일주일에 두 시간씩 캐나다 선생님한테 영어를 배우지만 자신 있는 것은 간단한 인사와 자기소개 정도뿐이다. 그래도 고등학교 과학 선생님인 엄마와 같이 가니 안심이 된다. 엄마는 대학교 다닐 때 런던에서 이 년간이나 공부한 적이 있으니까.

　'에구, 또 쓸데없는 걱정을 했네.'

　솔이는 피시식 웃음을 터트렸다.

　'걱정할 일 하나도 없어. 이번 여행 기간 동안 일본 사람과 일본 말이나 영어로 이야기 할 일은 전혀 없을 테니까.'

　리무진 버스를 타고 도착한 인천 공항은 입구부터 사람들로 북새통을 이루고 있었다. 방학을 맞아 많은 사람들이 해외여행을 떠나려 몰려들었다. 커다란 새장처럼 생긴 공항 대합실이 바쁘게 움직이는 사람들로 빼곡했다.

부모님의 손을 잡고 즐겁게 재잘거리는 아이들, 단체로 어학 연수를 떠나는 형과 누나들, 각양각색의 외국인들……. 이들이 어우러져 천천히 밀려드는 파도처럼 일렁였다. 여러 가지 말들이 한데 섞여 메아리치는 바람에 귀가 먹먹했다.

자칫 방심하면 어느새 낯선 사람이 끼어들어 길을 가로 막았다. 엄마를 놓칠지 모른다. 솔이는 공항 대합실의 풍경이 무척 신기했지만, 한눈팔지 않고 부지런히 엄마의 뒤를 쫓았다.

항공사 창구 앞에도 사람들이 길게 줄지어 서 있었다. 비행기 표를 받고 여행 짐을 부치기 위해서다. 이러다가 비행기를 못 타는 게 아닐까. 솔이의 마음이 초조해졌다.

드디어 솔이네 차례가 왔다. 시계를 보니 열 시가 조금 못 되었다. 비행기를 타는 데 아무 이상이 없을 것이다. 솔이는 마음이 놓였다.

그런데 뭔가 이상했다. 여권을 건네받은 항공사 직원이 고개를 갸우뚱거리며 컴퓨터 작업을 계속하더니 고개를 가로 저었다.

"손님, 여권 기간이 만료되었습니다. 탑승이 불가능합니다."

'비행기를 못 탄다고?'

솔이는 깜짝 놀라 엄마를 쳐다보았다. 엄마도 무슨 일인지 모르겠다는 듯 멍한 표정을 지었다.

"네? 그럴 리가요? 지난달에 여권을 새로 발급받았는데요."

"아, 그렇군요. 이건 만료된 여권이네요. 새 여권을 보여 주세요."

그제야 엄마는 자초지종을 알게 된 모양이었다. 황급히 가방 속을 뒤적이던 엄마의 얼굴이 하얘지고 이마에 땀방울이 맺혔다.

"어머, 어쩌나. 새 여권을 두고 온 모양이네. 어쩌죠?"

엄마가 울상이 되어서 하소연했다.

"죄송합니다. 여권이 없으면 비행기를 타지 못합니다."

항공사 직원은 딱하지만 어쩔 수 없다는 표정이었다. 집에 새 여권이 있지만 비행기가 출발하기 전에 다녀올 시간이 없었다. 일본에 가기는 다 틀렸다. 그런데 엄마가 금세 좋은 생각을 떠올렸다.

"비행기 표를 오후나 내일 것으로 바꿀 수 있을까요?"

"잠시만요……. 오늘 오후 네 시와 저녁 여섯 시에 출발하는 비행편이 있는데……. 역시, 두 편 다 좌석이 없네요. 대기승객도 각각 다섯 명이나 되고요. 내일도 어려워요. 아, 모레 출발하는 비행 편에는 대기승객이 없네요. 일단 대기승객 신청을 하고 기다리시는 게 좋겠어요. 좌석이 생기면 바로 연락드릴게요."

엄마가 '휴' 하고 안도의 한숨을 내쉬었다.

"그러면 두 자리 부탁합니다."

"여행 성수기라 두 자리가 나기는 어려워요. 한 자리가 나는 경우는 가끔 있지만요. 아이 여권은 아무 문제가 없으니 아이는 예정대로 먼저 보내시는 게 어떨까요?"

항공사 직원의 말에 엄마의 얼굴이 다시 어두워졌다.

"아이 혼자 어떻게?"

"걱정하지 마세요. 이런 경우 저희 항공사에서는 에스코트 서비스를 제공합니다. 스튜어디스가 책임지고 아이를 목적지까지 데려다주는 서비스예요."

잠시 생각에 잠겨 있던 엄마가 솔이와 눈을 맞추며 속삭였다.

"솔이야, 미안해. 엄마가 착각을 했어. 새 여권을 넣는다는 게 아무 생각 없이 구 여권을 넣어오고 말았어. 엄마가 없어도 혼자 갈 수 있겠지? 두 시간만 가면 된단다. 비행기 탈 때부터 내릴 때까지 스튜어디스 누나가 잘 돌봐 줄 거야. 오사카 공항에 도착하면 아빠가 마중 나오실 거구. 두 시간만 참으면 돼. 할 수 있겠지?"

솔이는 대답할 수가 없었다. 덜컥 겁이 났다. 아무도 아는 사람이 없는 비행기 안에서 두 시간이나 있어야 한다니 생각만 해도 힘이 쭉 빠졌다. 늦어지더라도 엄마와 같이 가고 싶었다.

엄마는 망설이는 솔이를 끌어안으며 말을 계속했다.

"솔이야, 남극에 처음으로 도달한 아문센이나 에베레스트 산을 처음 오른 힐러리 경 같은 사람들을 생각해 봐. 그런 일에 비하면 일본에 혼자 가는 건 조금도 어려운 일이 아니야."

솔이는 지금까지 한 번도 혼자 여행을 해 본 일이 없었다. 그런데 해외여행을 혼자 해야 하다니. 머릿속이 아뜩해졌다. 밤에 어두운 산길을 걸어야 할 때처럼 가슴이 두근거리고 등줄기가 서늘해졌다. 자신이 없었다.

엄마는 어떻게 하든지 솔이를 먼저 보내야겠다고 마음먹은 게 틀림없었다.

"어렵다고 물러서면 아무 것도 할 수 없어. 오늘 솔이를 못 보면 아빠가 얼마나 실망하실까. 솔이가 혼자 비행기를 타고 가서 오사카 공항에 척 나타나면 아빠가 무척 기뻐하실 거야. 솔이가 자랑스러울 거야. 솔이야, 용기를 내서 해 보자."

주변에 있는 사람들이 모두 솔이를 쳐다보고 있었다. 솔이가 해낼 수 있을까 궁금해 하는 눈빛이었다. 못 간다고 버티려니 부끄러웠다. 게다가 엄마의 말도 맞다. 4학년인데 유치원 아이처럼 행동하면 안 된다.

'두 시간만 참으면 되는데 그걸 못한다고? 그렇다면 사내대장

부라고 할 수 없어.'

솔이는 주먹을 불끈 쥐고 고개를 끄덕였다.

비행기 안은 생각했던 것만큼 그다지 넓지 않았다. 좁다란 통로 양옆으로 의자가 다닥다닥 붙어 있고, 창문이 너무 작아 답답했다. 환하고 깨끗하지만 어쩐지 동굴 안에 들어선 기분이었다. 숨이 막힐 듯하고 온몸이 자꾸 오그라드는 것 같았다.

솔이의 자리는 맨 앞 왼쪽 창가이다. 의자 세 개가 나란히 붙어 있는 자리이다. 앞에는 칸막이가 있고, 그 너머에 화장실과 승무원 대기실이 있다. 스튜어디스 누나가 자리를 정해 주며 불편한 일이 있으면 팔걸이에 있는 호출 버튼을 누르라고 알려 주었다. 답답하기는 하지만 스튜어디스 누나를 부를 만큼 불편한 일이 있을 것 같지 않았다.

새로 전학 온 교실에 앉아 있는 것처럼 어색하기만 했다. 머리카락이 쭈뼛 곤두서는 것 같았다. 긴장한 탓인지 몸이 뜨거워지면서 목덜미에서 촉촉이 땀이 배어 나왔다. 어질어질 현기증도 났다.

'비행기가 출발하지도 않았는데 이렇게 약한 모습을 보여서는 안 되지.'

솔이는 허리를 쭉 펴며 크게 심호흡을 했다. 몸과 마음이 조금

편해졌다.

'이까짓 거 아무 일도 아니야. 해낼 수 있어.'

솔이는 땀을 닦아 내며 좁은 창에 얼굴을 바싹 대고 밖을 내다보았다. 탁 트인 활주로가 눈에 들어오니 기분이 좋아졌다. 날개를 활짝 편 커다란 새처럼 보이는 비행기들이 활주로 가장자리 공항 건물 가까이에 고개를 들이밀고 나란히 서 있었다. 자세히 보니 색깔도 모양도 크기도 조금씩 달랐다.

'어느 비행기가 제일 멋있을까?'

이리저리 비교해 보는데 옆에서 무슨 소리가 들렸다.

돌아보니 여자아이 둘이 스튜어디스와 함께 서 있었다. 솔이처럼 혼자 여행하는 아이들이다. 우리나라 아이들인 모양이다.

'하필이면 여자아이들일 게 뭐람.'

남자아이들이 아니어서 조금 섭섭했지만 솔이는 자기 말고도 부모님 없이 여행하는 아이들이 있다는 사실에 마음이 놓였다. 얼굴을 보니 둘이 닮았다. 언니와 동생이다. 4학년쯤 되어 보이는 언니는 곱슬곱슬한 머리를 길게 늘어뜨리고 자줏빛 플라스틱 테 안경을 썼다. 2학년쯤 보이는 동생은 단정한 단발머리에 하늘하늘한 풀빛 원피스를 갖춰 입었다. 스튜어디스가 아이들에게 뭐라고 말했다.

'어? 우리말이 아니네. 영어도 아니야. 일본 말일까? 아, 맞다.'

스튜어디스의 명찰에 영어로 '스즈키'라고 씌어 있었다. 하필이면 일본 아이들이라니.

도깨비라도 만난 듯 가슴이 쿵쿵 뛰고 얼굴이 붉어졌다.

'한국 아이들이라면 같이 이야기를 하면서 재미있게 갈 수 있을 텐데……. 실망이야. 일본 말을 하지 못하니 하는 수 없지. 그냥 가야지.'

솔이는 등받이에 몸을 기대고 눈을 감았다.

갑자기 비행기 엔진 소리가 커졌다. 솔이는 눈을 번쩍 뜨고 창밖을 내다보았다. 비행기가 활주로 위를 달려가고 있었다. 드디어 출발이다. 빠르게 뒤로 물러나던 활주로 주변의 잔디밭이 기우뚱 기울어지는가 싶더니 발 아래로 점점 멀어졌다. 몸이 뒤로 젖혀져 청룡열차를 탄 기분이었다. 곧게 뻗은 길 위로 느릿느릿 달려가는 장난감 같은 자동차도 보이고, 손바닥만 한 저수지도 보였다. 죽 늘어선 아파트 단지의 건물들이 작은 상자 곽처럼 보였다.

처음 보는 멋진 풍경이었다. 솔이는 하나도 빼놓지 않겠다는 듯 고개를 이리저리 돌리며 창밖을 내려다보았다. 그때 귀에서 '쿵' 소리가 나더니 물속에라도 들어간 듯 먹먹했다.

'무슨 일이지?'

솔이는 고개를 흔들었다. 그러자 귓속이 더 이상했다. 귀가 망가지는 게 아닐까. 무서웠다. 이마에서 식은땀이 돋았다. 엄마도 없으니 정말 큰일이다. 울음이 터져 나오려 했다.

'옳지, 스튜어디스 누나를 부르자.'

솔이는 팔걸이의 호출 버튼을 내려다보았다.

손을 움직이려던 순간 솔이의 눈이 옆자리에 말없이 앉아 있는 여자아이의 눈과 마주쳤다. 여자아이는 눈을 몇 번 깜빡이더니 자세를 바로 했다. 귀가 이상할 텐데 아무 내색 없이 의젓하기만 했다. 이런 일로 스튜어디스 누나를 부르려 하다니. 부끄러웠다.

'이 정도쯤이야 참을 수 있어.'

솔이는 눈을 꼭 감고 어금니를 꽉 깨물었다. 그러자 귀에서 '펑' 하는 소리가 나면서 먹먹하던 느낌이 없어졌다.

'이겨 냈다. 엄마 없이 혼자 이겨 냈다.'

솔이는 마구 소리 지르고 싶었다.

잠시 후 비행기가 구름 속으로 들어가자 창밖은 짙은 회색빛 안개뿐 보이는 것은 아무것도 없었다.

솔이는 창에서 떨어져 의자에 등을 기대고 똑바로 앉았다. 책을 읽을까 아니면 잠을 잘까. 망설이고 있는데 옆자리에 앉은 여자아이가 뭐라고 말을 걸었다. 일본 말이었다. 솔이는 머릿속이 멍해졌다. 어떻게 해야 할지 알 수가 없었다. 그냥 못 들은 체하고 가만히 있을까. 그렇게 하려니 부끄러웠다. 이럴 때 학교에서 배운 영어를 써야 한다. 그렇지만 영어회화는 캐나다 선생님하고만 해 봤을 뿐이어서 제대로 할 수 있을지 걱정이 앞섰다. 잠시 멍하니 있던 솔이는 무슨 말이라도 해야 한다는 생각에 '나는 일본 말 몰라.'라고 말하며 손사래를 쳤다.

여자아이가 고개를 끄덕이며 환하게 웃었다.

"아, 강코꾸진. 하이! 아이 유키, 마이 시스터 사츠키."

무슨 말인지 알 수 있었다. 자기 이름이 유키이고 동생 이름이 사츠키라는 것이다. 상대방이 환하게 웃으니 한껏 긴장했던 솔이의 마음도 풀어졌다. 상대방이 하는 말을 알 수 있으니 내가 하고 싶은 말도 전할 수 있을 것 같았다. 솔이는 학교에서 배운 대로 자기소개를 했다.

"마이 네임 이즈 김 솔. 플리즈 콜 미 솔. 유 재팬?"

"예스, 재팬. 나이스 투 미트 유 솔. 미 포 그레이드. 아 유?"

"미 투, 아임 포쓰 그레이드 투."

유키도 솔이처럼 4학년이었다. 신기했다. 솔이는 학교에서 배운 영어로 외국인과 말이 통한다는 사실이 아주 신기했다. 해 보니 정말 별것 아니었다. 단정하게 단발머리를 한 사츠키가 까만 눈을 반짝이며 솔이를 쳐다보면서 뭐라 재잘거렸다. 일본 말이었다. 고개를 깊숙이 숙이는 것으로 보아 만나서 반갑다는 인사말인 것 같았다. 솔이는 환하게 웃으며 한 손을 들어 올려 가볍게 흔들었다.

유키가 배낭에서 얇은 파일을 하나 꺼내 펼쳐 보였다. 파일 안에는 여러 가지 사진이 붙어 있고 그 밑에 일본 말로 설명이 씌어 있었다. 석굴암과 불국사의 사진이었다. 유키가 부모님과 함께 찍은 다보탑과 석가탑의 사진도 있었다. 화려한 장식이 달린 신라 금관 사진도 있었다.

솔이가 '경주?' 하고 묻자, 유키가 고개를 끄덕였다. 부모님과 함께 경주 여행을 다녀온 모양이었다.

유키가 불국사 사진을 손가락으로 가리키며 솔이의 얼굴을 쳐다보았다. 이름을 알고 싶은 것이다. 솔이가 '불국사'라고 말하자 유키가 '부르쿡사' 하고 따라 했다. 사츠키도 유키와 똑같이 '부르쿡사' 하고 따라 했다. 솔이가 '부르쿡사 노우, 불국사'라고 말했는데도 여전히 '부르쿡사'라고 했다. 일본어 발음이 우리말 발음과 달라서 정확히 소리 낼 수 없는 것 같았다. 솔이는 사진 속의 우리 문화재 이름을 유키와 사츠키에게 정확히 알려 주었다. 유키와 사츠키는 메모도 하고 몇 번씩 되풀이하여 소리 내기도 하면서 열심히 이름을 외웠다.

외국인에게 우리 문화재의 이름을 정확히 가르쳐 준다는 생각에 솔이는 무척 자랑스러웠다. 그렇지만 우리 문화재가 얼마나 멋지고 훌륭한 것인지 설명해 줄 수가 없었다. 안타까웠다. 영어를 좀 더 열심히 공부할걸. 후회가 막심했다.

사진으로 우리 문화재 공부를 다 한 후 유키가 하얀 메모지를 펼쳤다. 유키는 영어로 '티처'라고 쓰고 '센세이'라고 읽었다. 그리고 솔이를 쳐다보며 해 보라는 듯 눈짓을 했다. 솔이가 '선생님'이라고 말하자 유키가 고개를 끄덕이며 따라했다. 솔이도 '센세이' 하고 소리 내보았다. 이번에는 솔이가 영어로 '스쿨'이라고 써 보이며 '학교'라고 말하자 유키가 '각꼬오'라고 했다. 아주 비슷했다. 한국과 일본이 가까운 이웃나라라는 것은 알고 있었지만 이렇게 비슷한 말을 쓴다는 것은 처음 알았다. 솔이와 유키는 메모지에 새로운 낱말을 써 가며 서로의 말을 열심히 공부했다. 사츠키도 눈을 반짝이며 열심히 공부했다.

"손님 여러분, 잠시 후 우리 비행기는 오사카 국제공항에 착륙할 예정입니다. 오사카의 날씨는 맑으며 현재 기온은 섭씨 32도로 더운 편입니다. 좌석 등받이를 세워 주시고 안전벨트를 매 주시기 바랍니다.”

영어, 일본어에 이어 우리말 안내방송이 나왔다. 솔이는 깜짝 놀랐다. 어느새 오사카에 다 온 모양이었다. 두 시간이 언제 지났는지 모르게 지나가고 말았다. 이제는 헤어져야 한다고 생각하니 짧은 만남이 아쉽기만 했다. 무슨 좋은 방법이 없을까.

‘그렇지, 연락처를 알려 주어야지.’

솔이는 얼른 메모지를 꺼내 이름과 전화번호와 주소를 적어 유키에게 건네주었다. 유키가 메모지를 보더니 눈을 찡긋하며 환하게 웃었다. 그리고는 배낭에서 메모지를 꺼내 자신의 이름과 주소를 적어 솔이에게 건네주었다.

솔이는 유키가 왜 아이들끼리 한국에 다녀가는 것인지 알고 싶었다. 궁금했지만 말이 안 통하니 물어볼 수가 없었다. 유키에게 오사카 친환경에너지연구소에서 잠시 머물며 공동연구를 하고 있는 아빠를 만나러 가는 길인데 엄마가 여권을 집에 두고 와 혼자 가게 되었다는 말을 하고 싶었지만 표현할 수가 없었다. 다음을 기약해야 한다. 영어를 열심히 공부해서 지금 하고 싶은 말을 모두 편지에 적어 답답함을 풀어야 한다.

“레터, 플리이즈.”

솔이가 엄지손가락을 세워 높이 쳐들며 외쳤다. 꼭 편지를 보

66

내 달라는 말이다.

"레터, 플리이즈."

유키가 활짝 웃으며 동의한다는 듯 엄지손가락을 세워 솔이의 엄지손가락에 가져다 붙이고 똑같이 외쳤다.

안전점검을 하면서 통로를 지나가던 스튜어디스 누나가 그 모습을 보고 미소 지었다. 양손을 들어 올려 작은 몸짓으로 소리 없이 손뼉을 쳤다.

드디어 해냈다. 두렵기만 했던 비행기 여행을 잘 마쳤다. 그뿐만이 아니다. 좋은 일본 친구까지 사귀었다. 엄마 없이 혼자서 비행기를 탈 수 없다고 고집을 부렸다면 이런 일은 없었을 것이다. 앞으로 혼자서 무슨 일이라도 할 수 있을 것 같았다.

솔이는 어깨가 절로 덩실거려 춤이라도 추고 싶었다. 오사카 공항에서 솔이를 향해 손을 흔들며 크게 웃음을 터트릴 아빠의 얼굴이 눈앞에 환하게 떠올랐다.

민지의 비밀

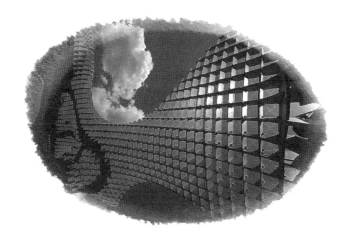

"민지야, 이건 비밀인데 사실 난 엄마가 두 사람이야. 여기 이 분이 친엄마고, 이분은 새엄마야. 아빠가 지난해 여름에 재혼하 셨거든. 친엄마는 내가 1학년 때 돌아가셨어. 오랫동안 병원에 계시다가."

"민지야, 태풍이 올라온다는구나."

개학을 하루 앞둔 날 저녁, 자기 방에 틀어박혀 한창 여름방학 과제물을 챙기던 민지는 아빠의 목소리에 벌떡 몸을 일으켰다.

'태풍이 올라온다고?'

반가운 마음에 민지는 거실로 달려 나갔다.

소파에 앉아 뉴스를 보던 아빠가 싱긋 웃으며 손가락 끝으로 티브이 화면을 가리켰다. 화면에서는 넘실대는 파도가 방파제에 부딪혀 하얀 물보라를 날리고 있었다. 파도의 힘이 얼마나 센지 마치 폭탄이 터지는 것 같았다.

민지는 아빠 옆에 나란히 앉아 티브이 화면에 눈을 맞추었다.

세차게 몰아치는 장대비를 맞으며 키다리 야자나무가 금방이라도 꺾일 듯 크게 휘청거리고 있었다. 가로등이 길바닥에 벌렁 누워 있고, 그 옆에 뿌리를 드러낸 종려나무 몇 그루가 나뒹굴고 있었다. 흙탕물이 무릎 위까지 차오른 도로에 오도가도 못 하는 차들이 뒤엉켜 있었다.

'비바람이 엄청나네. 저기가 어딜까? 태풍이 제주도까지 올라온 걸까?'

민지는 고개를 갸웃거렸다.

민지의 궁금증을 풀어 주기라도 하듯 화면 아래쪽에 "오키나와, 강풍과 폭우로 7명 사망·실종"이라는 자막이 나왔다.

'아, 일본이구나.'

민지는 자기도 모르게 중얼거렸다.

화면이 바뀌며 우리나라와 중국, 일본, 필리핀이 보이는 위성 사진이 나타났다. 사진 아래쪽에 하얀 솜뭉치가 마구 엉킨 듯 어지러운 모양을 한 커다란 소용돌이가 보였다. 태풍이다.

기자의 목소리가 급박해졌다.

"태풍 클로링빈이 한반도를 향해 빠르게 북상하고 있습니다. 현재 일본 오키나와 앞바다를 지나고 있으며, 내일 오후 서귀포 남쪽 350킬로미터 지점까지 올라와 서해를 따라 북상하겠습니다."

"아빠, 태풍이 굉장히 센가 봐."

민지의 말에 아빠는 고개를 끄덕였다.

"그래, 몇 년 만에 오는 초대형 태풍이야. 서해를 따라 올라온다니 여기에도 곧 들이닥칠 거야. 정말 큰일이다. 큰 피해가 발생하겠는걸. 그나저나 민지야, 앞으로 며칠간 아빠가 무척 바빠질 텐데 혼자서 괜찮겠니?"

아빠의 목소리에 수심이 가득했다. 태풍도 문제지만, 태풍이 불어오면 민지 혼자 밤을 보내야 하는 게 더 걱정되는 것이다. 시청 일을 하는 아빠는 태풍이 불거나 홍수가 나거나 눈이 많이 내리는 날에는 집에 들어오지 못하고 언제나 밤샘 비상근무를 한다.

"아빠, 괜찮아. 걱정하지 마."

민지는 짐짓 큰 목소리를 내며 씩씩하게 대답했다. 아빠가 조금이라도 걱정하면 안 되기 때문이다. 민지의 바람과 달리 아빠는 마음이 놓이지 않는가 보다. 민지의 눈을 들여다보며 또 다시 물었다.

"정말? 이번에는 화가 아줌마가 올 수 없는데 혼자 무섭지 않을까?"

"응, 이젠 4학년인걸. 혼자 있어도 하나도 안 무서워."

민지가 자신 있게 대답하자 아빠는 아무 말 없이 팔짱을 끼고 입을 꾹 다문 채 티브이 화면만 뚫어져라 쳐다보았다. 민지는 아빠가 이런 표정을 지을 때면 뭔가 깊은 생각을 하고 있는 거라는 사실을 잘 안다. 누구에게 민지를 부탁할까 곰곰 생각하고 있을 것이다. 소용없는 일이다. 이 근처에 민지를 돌봐 줄 사람은 아무도 없다.

이럴 때 전에는 화가 아줌마가 민지와 함께 밤을 보내곤 했다. 화가 아줌마는 돌아가신 엄마의 친구이다. 전주에 있는 미술대학의 교수님이다. 그렇지만 이번에는 오지 못한다. 방학을 맞아 유럽으로 스케치 여행을 떠난 까닭이다. 9월 첫째 주에나 돌아오신다고 한다.

화가 아줌마가 없는 지금 태풍이 올라온다니 얼마나 다행인지 모른다. 태풍이 오면 아무도 모르게 꼭 해야 할 일이 있다. 아무에게도 말할 수 없는 비밀이다. 특히, 아빠나 화가 아줌마에게는 절대 말할 수 없다. 방학 내내 민지는 화가 아줌마가 유럽에서 돌아오기 전에 태풍이 오기를 얼마나 바랐는지 모른다. 방학이 끝나 가는데도 태풍이 감감무소식이라 민지는 무척 애가 탔었다.

기다리고 기다리던 태풍이 드디어 찾아온다. 올 여름 들어 우리나라에 처음 찾아오는 태풍이다. 그것도 시시한 태풍이 아니라 엄청나게 센 커다란 태풍이다. 티브이 화면에 펼쳐진 기상도를 보니 태풍은 민지가 살고 있는 군산 앞바다를 지나 황해도 쪽으로 올라간다. 정말 제대로 되어 가고 있다. 반가움에 민지의 가슴이 콩콩 소리 내며 뛰었다.

민지는 눈도 깜빡이지 않고 티브이 화면을 쳐다보며 기자의 보도에 귀를 기울였다.

"현재 태풍의 중심기압은 920헥토파스칼이며, 초속 53미터의 강풍을 동반하고 있습니다. 우리나라가 태풍의 오른쪽 위험 반경에 들기 때문에 바람 피해가 클 것으로 보입니다. 서해안과 제주지방을 중심으로 순간 최대 풍속 50미터 이상의 바람이 불겠으며, 서울 등 중부 서쪽지방도 30~40미터 이상의 돌풍이 예상됩니다. 바람 피해가 없도록 대비를 철저히 하셔야겠습니다."

한 달 전 여름방학이 시작하던 날 민지는 아빠에게 태풍이 올라오면 꼭 미리 알려 달라고 부탁했다. 아빠는 저녁마다 뉴스를 빼놓지 않고 보니 태풍이 오는 것을 바로 알 수 있을 것이다.

그때 민지가 부탁하는 말을 듣고 아빠가 활짝 웃으며 말했다.

"민지 너, 화가 아줌마하고 같이 있고 싶어서 그러는 거지? 어쩌나, 이번 여름방학 중에는 못 오시는데. 지난주에 파리로 떠나셨거든. 9월이나 되어야 오실 거야."

아빠 말이 절반은 맞고 절반은 틀렸다. 민지가 화가 아줌마를 무척 좋아하는 건 틀림없는 사실이다. 아줌마와 같이 있으면 엄마와 같이 있는 것처럼 마음이 아주 편하다. 아줌마가 진짜 엄마였으면 하고 바랐던 적도 한두 번이 아니다. 솔직히 말해 이번 여름 방학이 시작되기 전에는 방학 내내 아줌마와 같이 있으면 얼마나 좋을까 바라기도 했다. 그렇지만 이번만큼은 다르다. 아줌마와 같이 있고 싶어서 태풍이 오기를 기다리는 것은 절대 아니다. 그 반대다. 이번에는 무슨 일이 있어도 꼭 혼자 태풍을 만나야 한다.

"응, 아빠 알아. 아줌마가 전화로 알려 주셨어. 방학 동안 뒤처지는 과목 공부도 열심히 하고 좋은 책도 많이 읽으라고 말씀하셨어. 이번에는 바빠서 혼자 가지만 다음에는 꼭 데려가겠다고 약속까지 하셨는걸."

민지의 말에 아빠는 조금 놀란 모양이다.

"오, 그러니? 아빠는 민지가 아줌마와 통화한 걸 모르고 있었구나. 흠, 그런데 그게 아니라면 민지야, 왜 태풍이 오기를 기다리지?"

아빠의 질문에 민지는 얼굴이 발갛게 달아올랐다. 비밀이 드러날지도 모른다는 생각에 가슴이 콩닥콩닥 뛰었다. 잠시 당황했지만 민지는 금세 숙제 핑계를 생각해 냈다.

"응, 방학 숙제에 '태풍이 지나갈 때 나타나는 현상 관찰하기'라는 게 있어. 태풍이 오는 걸 미리 알아야 준비할 수 있잖아? 그래서 아빠에게 부탁하는 거야."

거짓말이 아니다. 이 숙제는 개학하면 열리는 과학과제물 콘테스트에 출품할 계획이다. 방학식 날 선생님 말씀을 듣고 민지는 스마트폰 카메라로 사진도 찍고 설명도 자세히 달아 멋지게 만들겠다고 단단히 마음먹었다.

"그랬구나. 알았어, 민지야. 아빠가 잊지 않고 꼭 알려 줄게."

아빠는 민지와 약속한 것은 아무리 작은 것이라도 꼭 지킨다. 이번에도 한 달 전에 한 약속을 잊지 않고 바로 알려 주었다. 민지는 이런 아빠가 너무 좋다.

태풍 소식이 끝나자 민지는 아빠에게 저녁 인사를 하고 자기 방으로 돌아왔다. 아빠와 함께 있을 때에는 잘 참았는데, 방안에 들어오자 입가에서 벙싯 웃음이 터졌다. 내일 학교에 가져갈 방학과제를 정리해야 하는데 손이 가지 않았다.

민지는 책상에 앉았다. 책상 바로 옆 벽에 걸린 작은 캔버스 속에서 엄마와 아빠가 하얀 벚꽃에 폭 싸인 채 밝게 웃고 있다. 엄마의 가슴에 안긴 조그마한 민지도 눈을 반짝이며 생글거린다. 민지가 네 살 때 모습이다.

민지는 양손으로 턱을 괴고 엄마의 얼굴을 가만히 들여다보았다. 널찍한 이마와 쌍꺼풀진 눈이 민지와 닮았다. 보면 볼수록 자상하고 인자한 느낌이 든다. 민지는 엄마의 실제 얼굴 모습을 모른다. 사진으로만 알고 있을 뿐이다. 안타깝게도 너무 어릴 때 엄마와 헤어져 얼굴뿐 아니라 엄마와 함께했을 많은 시간들이 하나도 기억나지 않는다.

이 유화는 화가 아줌마가 그려 주신 것이다. 사진을 보고 그렸다. 아줌마는 파리에서 십 년도 넘게 미술 공부를 해서 그림을 아주 잘 그린다. 아줌마는 재작년, 그러니까 민지가 2학년이던 때 공부를 다 마치고 전주에 왔다. 그때 엄마를 잊으면 절대 안 된다고 하면서 이 그림을 그려 주었다.

그림을 벽에 걸던 날 아빠가 민지를 꼭 끌어안고 말했다.

"민지야, 그림을 걸어 놓으니 엄마가 이 방에 살아 있는 것만 같구나. 저 그림처럼 아빠는 언제까지나 엄마와 민지 이렇게 셋이서만 살 거야."

"정말?"

"그럼 정말이고말고. 약속."

아빠는 민지와 새끼손가락을 걸고 약속했다. 아빠와 약속을 하면서 민지는 어른이 되면 착한 우렁각시가 되어 아빠를 편하게 해 드리겠다고 결심했다. 작년까지만 해도 꼭 그렇게 하겠다고 다짐했지만, 4학년이 된 지금은 그렇지 않다. 민지는 이제 자신이 아빠의 각시가 될 수 없다는 걸 잘 안다. 그래서 누군가 다른 사람이 아빠를 편하게 해 드렸으면 좋겠다고 생각하고 있다.

민지가 그런 생각을 한 것은 지난 봄 단짝친구인 은이네 집에 놀러 간 다음부터이다. 그때 은이의 피아노 위에 나란히 놓인 사진 액자 두 개를 보았는데, 그 사진들이 아주 이상했다. 하나는 유치원 생일잔치에서 은이가 엄마와 아빠 사이에 서서 케이크를 자르는 사진이고, 다른 하나는 흰 모래사장에 앉아 쪽빛 바다를 등지고 찍은 가족사진이다. 그런데 두 사진 속의 엄마가 다른 사람이었다. 민지가 고개를 갸우뚱거리며 사진에서 눈을 떼지 못하자 은이가 그 까닭을 알려 주었다.

"민지야, 이건 비밀인데 사실 난 엄마가 두 사람이야. 여기 이분이 친엄마고, 이분은 새엄마야. 아빠가 지난해 여름에 재혼하셨거든. 친엄마는 내가 1학년 때 돌아가셨어. 오랫동안 병원에 계시다가."

처음 듣는 이야기였다. 3학년에 올라와 같은 반이 되면서 1년간 아주 친하게 지냈지만 은이가 민지에게 이런 이야기를 한 적은 한 번도 없었다. 민지도 물론 집안 이야기는 절대 하지 않았다. 그래서인지 서로 집에 놀러 간 적도 없었다. 4학년이 되어 다른 반으로 헤어졌지만 민지와 은이는 매일 만났다. 점심시간에 학교 연못가나 운동장에서 만나 놀이도 하고 이야기도 나누었다. 그런데 보랏빛 등꽃이 탐스럽게 피어나던 지난 5월 은이가 뜻밖에도 자기 집에 놀러 오지 않겠느냐고 민지를 초대했다. 은이는 그날 민지에게 자기 집안 사정을 알려 주려고 마음먹었던 게 틀림없다.

"아빠가 재혼하신다기에 막 울면서 떼를 썼어. 절대 안 된다고. 새엄마 얼굴도 쳐다보지 않았어. 근데 새엄마가 잘해 주시니까 점점 좋아지는 거 있지. 그래도 우리 엄마는 한 사람뿐이라고 고집을 부렸어. 그러던 어느 날 꿈속에서 엄마가 나를 찾아온 거야. 그때 엄마가 그랬어. '은이야, 새엄마 말 잘 듣고 행복하게 살아야 한다. 그런 다음에 엄마와 다시 만나자꾸나.'라고. 그러면서 나를 꼭 껴안아 주셨어. 지금은 새엄마가 너무 좋아. 아빠도 행복해하시고."

'아, 그랬구나. 은이도 엄마가 돌아가셨구나.'

민지는 조용히 고개를 끄덕였다. 그렇지만 머릿속이 멍해 무슨 말을 해야 좋을지 알 수가 없었다.

'나도 엄마가 돌아가셔서 아빠와 둘이 살고 있다고 말할까?'

너무 갑작스런 일이라 민지는 이런저런 생각에 잠겨 있다가 결국 아무 말도 못한 채 집으로 돌아오고 말았다.

민지는 곰곰 생각했다.

'새엄마가 있으면 어떨까? 나도 은이처럼 행복할까? 아빠도 기뻐하실까? 엄마도 새엄마가 우리와 함께 살기를 바라실까?'

아무리 생각해도 알 수 없었다. 그런데 생각을 깊게 하면 할수록 자꾸 화가 아줌마가 생각났다.

화가 아줌마는 외국에서 오랫동안 공부하느라 결혼을 못 했다. 서울에 있는 가족과 떨어져 전주에서 혼자 사는데, 시간이 있을 때마다 군산에 와서 민지를 따뜻하게 감싸안아 준다. 그럴 때마다 민지는 아줌마가 엄마처럼 느껴졌다. 아줌마는 아빠와도 사이가 무척 좋다. 이렇게 세 사람이 모두 서로를 좋아한다면 같이 있어야 하는 거 아닌가. 하지만 두 분이 결혼하려는 낌새는 없다. 아빠가 민지와 약속했기 때문일까. 아니면 두 분 모두 민지가 슬퍼할까 봐 말을 아끼고 있는 것일까. 그렇다면 민지가 아빠와 한 약속을 깨고 싶다는 것과 두 분이 결혼하기를 기쁜 마음으로 바라고 있다는 것을 분명히 알려 드려야 한다. 그런데 그렇게 하기 전에 먼저 할 일이 있다. 꿈길에서 엄마를 만나 모든 걸 말씀드리고 허락을 받아야 한다.

민지는 그날 이렇게 결심했다. 그날 이후 민지는 잠들기 전에 '엄마, 꼭 민지를 찾아와 주세요.' 간절히 기도했다. 민지의 마음이 전해지지 않았는지 아직까지 엄마는 한 번도 민지를 찾아오지 않았다.

민지는 캔버스에서 눈을 떼고 창밖을 내다보았다. 높은 하늘 위에는 벌써 센 바람이 불고 있는지 구름 한 점 없이 새카만 밤 하늘에 별빛이 총총했다. 커다란 국자 모양을 한 일곱 개의 별이 깨끗이 닦은 유리구슬처럼 화사한 빛을 쏘아 내고 있었다. 북두 칠성이다. 오늘따라 유난히 별빛이 아름답다. 아, 민지는 자신도 모르게 낮게 탄성을 발했다.

민지는 엄마의 영혼이 북두칠성의 맨 앞자리에 머무르면서 늘 자신을 지켜보고 있다고 믿고 있다. 그곳은 죽은 사람들의 영혼 이 모여 있는 곳이다. 엄마가 돌아가신 후 누군가 민지에게 해 준 말이다. 민지는 그 말을 언제 누가 해 주었는지 기억하지 못한 다. 엄마 얼굴도 사진으로만 알고 있을 정도로 어렸을 때 엄마가 돌아가신 탓이다. 과학 선생님이 우주는 끝없이 넓은 어둠의 세 계로 텅 비어 있다고 말했지만, 민지는 그 말을 믿지 않았다.

"엄마……."

민지는 낮게 속삭이며 가만히 손을 흔들었다. 눈을 감으니 엄 마의 부드러운 목소리와 따뜻한 가슴이 느껴진다.

"엄마, 그래도 되지?"

민지는 북두칠성을 쳐다보며 가만히 속삭였다. 밤하늘에 살포

시 엄마의 얼굴이 떠오른다. 엄마가 고개를 끄덕여 주시면 얼마나 좋을까. 민지의 바람을 아는지 모르는지 엄마는 사진 속의 얼굴 그대로 환하게 웃고만 있을 뿐이었다.

개학날이다. 민지가 아침에 눈을 뜨자마자 창문을 열고 밖을 내다보니 하늘이 파랗고 바람 한 점 없다.

'어, 어찌된 일이지? 태풍이 오기는 오는 걸까. 혹시 태풍이 올라오다 중국 쪽으로 방향을 튼 것은 아닐까.'

민지는 조바심이 났다. 학교에서 오랜만에 만난 친구들과 선생님도 반갑지 않았다. 시무룩하게 앉아 있는데 선생님이 반가운 소식을 전해 주셨다.

"태풍이 올라오고 있어요. 오늘 밤이나 내일 태풍이 군산 앞바다를 지나갑니다. 아주 강한 태풍이니 대비를 잘 해야 해요. 그래서 내일은 임시 휴업일로 정해졌어요. 학교에 나오지 않고 집에서 안전하게 보내야 합니다."

'아, 태풍이 예정대로 올라오고 있구나. 게다가 내일은 학교에 나오지 않아도 된다고? 그렇다면 그 일을 마음대로 할 수 있게 되었어.'

민지는 뛸 듯이 기뻤다.

"민지야, 정말 괜찮겠니? 무섭지 않아?"

저녁 식사를 마치고 설거지를 끝낸 아빠가 출근 준비를 하며 민지에게 말했다. 아빠는 아무래도 마음이 놓이지 않는 모양이었다.

"아빠, 문제없어. 이런 일쯤 아무 것도 아냐."

"정말? 이제 우리 민지가 다 컸구나. 그래, 아빠가 민지 믿는다. 혹시 무슨 일이 있으면 아빠 핸드폰으로 연락하렴."

민지의 의젓한 대답에 아빠는 적이 안심이라는 듯 환한 얼굴로 민지의 머리를 쓰다듬어 주었다.

아빠가 밤샘 근무를 하러 현관문을 나서자마자 민지는 거실에 교자상을 펼쳤다. 그리고 그 위에 색종이와 가위와 풀과 칼라 사인펜을 늘어놓았다. 오늘밤 아빠는 집에 오시지 못하니 이제 마음 놓고 하고 싶은 일을 하면 된다.

아무도 모르게 하고 싶은 일, 그것은 편지를 쓰는 일이다. 돌아가신 엄마에게 보내는 편지이다. 배달부는 태풍 바람이다. 태풍이 민지가 사는 아파트 단지를 지나며 땅 위에 있는 가벼운 물건들을 하늘 높이 끌어올릴 때 풍선에 매단 편지를 맡겨야 한다. 바람은 편지를 가슴에 품고 엄마의 영혼이 머물고 있는 곳까지 배달해 줄 것이다.

민지는 책상 서랍 속에서 편지지를 꺼내 상 위에 펼쳤다. 엷은 노란색 바탕에 흰 장미 꽃송이가 새겨진 예쁜 편지지이다. 민지는 가위로 색종이를 작게 오려 조각을 만들어 편지지 위에 하나씩 조심스레 붙였다. 한참 시간이 지나자 편지지 한가운데에 귀여운 민지의 얼굴이 모습을 드러냈다. 민지가 색종이 모자이크를 만든 것은 크레파스나 물감으로 그리는 것보다 시간이 많이 걸리지만 간단히 만들면 정성이 들어가 있지 않다고 엄마가 싫어할 것만 같았기 때문이다. 그것뿐만이 아니다. 또 다른 이유가 있다. 어쩌면 이게 진짜 이유인지도 모른다. 색종이 모자이크 만드는 민지 솜씨가 보통이 아니다. 엄마에게 자랑하고픈 솜씨이다.

다 만들고 보니 역시 그럴 듯하다. 민지는 흡족한 미소를 지으며 사인펜을 집어 들고 정성껏 편지를 쓰기 시작했다.

"보고 싶은 엄마, 안녕? 저 민지예요. 은이처럼 엄마가 둘이면 안 되나요? 은이 엄마는 은이에게 찾아와 그렇게 해도 좋다고 말해 주었대요. 저도 엄마가 꿈속에 찾아와서 은이 엄마처럼 말해 주기를 얼마나 바랐는지 몰라요. 매일 밤 기도했어요. 그런데 한 번도 찾아오지 않아서 너무 슬펐어요. 왜 안 오실까? 가만히 생각해 보니 그 이유를 알게 되었어요. 엄마가 제 얼굴을 모르잖아요. 제 얼굴을 모르니 찾아오실 수가 없지요. 그래서 제 얼굴이 담긴 편지를 쓰기로 했어요. 내일 태풍이 찾아온대요. 태풍이 편지를 하늘 높이 엄마가 계신 곳까지 실어 갈 거예요. 제 얼굴 잘 보시고 꼭 찾아오셔야 해요. 엄마가 찾아오시면 하고 싶은 말이 있어요. 미리 말해 줄 수 없냐고요? 안 돼요. 꼭 엄마를 만나서 이야기하고 싶어요. 기다릴게요. 엄마, 사랑해요."

민지는 편지를 곱게 접어 빨간 봉투에 담았다. 그리고 크게 불어 놓은 풍선 줄 끝에 편지를 매달았다. 이제 내일 바람이 불 때 발코니에서 풍선을 밖으로 내보내기만 하면 된다.

민지는 발코니에 나가 창문을 열고 밖을 내다보았다. 훈훈한 바람이 민지의 머리카락을 헤집더니 재빨리 이마를 스치고 지나간다. 태풍이 다가오고 있다는 게 실감난다. 태풍이 구름을 잔뜩 몰고 왔는지 어두운 하늘에는 별빛 하나 보이지 않았다. 민지는 북두칠성이 있을 것 같은 곳으로 눈을 돌렸다. 그때 민지가 올려다본 밤하늘 한구석에서 작고 파란 빛 하나가 깜빡였다.

'어, 뭐지?'

확인하려 했지만 별빛은 다시 보이지 않았다. 하지만 민지는 분명히 알 수 있었다. 그것이 민지를 지켜보는 엄마의 따뜻한 눈빛이라는 것을.

왕파리

자연 생태계를 구성하고 있는 생물 하나하나는 각자 제 나름대로 중요한 역할을 하고 있단다. 그러니 한마디로 이것은 나쁜 생물 이것은 좋은 생물 이렇게 편을 갈라 말할 수는 없다.

"**앗**, 왕파리다!"

현우는 자기도 모르게 큰 소리를 내며 오른손에 든 보조가방을 머리 위로 힘껏 치켜들었다. 우비를 담은 가벼운 비닐 보조가방이 큰 힘을 낼 것 같지 않았지만 파리를 잡는 데 쓸 만한 마땅한 도구가 없었다.

좁고 어둠침침한 아파트 계단에 갑자기 들이닥친 사람 그림자에 놀란 파리가 허둥거리며 허공을 몇 바퀴 돌더니 환하게 트인 곳을 향해 급히 몸을 틀었다. 창문이 있는 곳이다. 파리는 사람이 만들어 낸 투명 유리판이 자기가 가려는 길목을 철벽처럼 막고 있다는 사실을 알 리가 없다. 유리창을 들이받더니 푸르르릉 날개 부딪는 소리를 내며 창문 아래 모서리 구석으로 미끄러져 내려갔다.

마음이 조급해진 현우는 보조가방을 높이 쳐든 채 황급히 창문 쪽으로 다가섰다. 그리고 보이지 않는 유리벽에 막혀 허둥대고 있는 파리를 향해 있는 힘을 다해 보조가방으로 내리쳤다. 퍽소리와 함께 보조가방은 파리가 필사적으로 버둥거리고 있는 창문 모서리를 무자비하게 치고 내려갔다.

순간 현우는 아차 싶었다. 이 세상에 나쁜 벌레는 없다는 도현스님의 말씀이 번갯불처럼 머릿속을 스쳐 지난 까닭이었다. 도현스님은 현우가 사는 마을에서 도티재라는 가파른 고개를 넘어가면 나오는 작은 절의 주지스님이다. 스님은 아이들을 볼 때마나 항상 모든 생명을 사랑하라고 하신다. 거미나 지네 같은 징그러운 벌레들까지 모두 다 아끼고 잘 돌봐야 한다고 말씀하신다.

내려다보니 파리가 치명상을 입은 듯 창턱에 등을 대고 벌렁 나자빠져 있었다. 흥분한 탓인지 현우의 가슴이 금방이라도 터질 듯 심하게 쿵쾅거렸다. 현우는 크게 숨을 몰아쉬며 파리를 살펴보았다.

현우가 지난해 서울 용산의 아파트에서 살 때 여름철이면 가끔 열린 창문으로 날아 들어오던 검은 파리와 비슷하게 생겼지만 크기가 달랐다. 서울에서 본 파리는 새끼손가락 손톱 정도의 크기였는데, 이곳 산골마을의 파리는 엄지손톱만 한 크기였다.

색깔도 아주 짙은 게 숯덩이 같았다. 먹이를 잘 먹어서 크고 튼튼하게 자란 걸까 아니면 전혀 다른 종류일까.

파리는 여섯 개의 가는 다리로 허공을 쓰다듬듯 버르적거리며 몸통을 좌우로 흔들어 대고 있었다. 다친 몸을 추슬러 하늘 높이 날아올라 어딘가로 도망쳐야겠다는 강한 의지를 분명히 드러내 보이고 있었다.

'에구, 이를 어쩐담.'

후회막심이지만 이미 엎질러진 물이다. 어쩔 수 없다. 못된 파리를 잡아냈다는 장한 생각은 조금도 들지 않았다. 대신 그 자리에 어리석게도 잘못을 저질렀다는 부끄러움이 밀려들었다.

먹구름이 잔뜩 끼어 금방이라도 비가 쏟아질 것만 같은 유월 첫 주 월요일 아침 등굣길에 벌어진 일이다. 아파트 오층 현관문을 나서 사층과 삼층 사이의 계단참을 지나는데 뭔가 시커멓고 커다란 게 현우의 눈앞을 빠르게 가로지르며 날아가면서 시작된 일이다.

'뭐지? 풍뎅이가 날아 들어온 거야? 비가 내릴 것 같으니 여기로 피해 들어온 걸까?'

궁금한 마음에 정체를 알아내려 계단 주위를 둘러보던 현우는 깜짝 놀랐다. 파리였다. 그것도 보통 파리가 아니라 여태껏 본 적이 없는 아주 커다랗고 시커먼 파리였다. 등줄기가 찌릿하며 목덜미에 소름이 돋았다.

'윽, 저런 왕파리는 바로바로 잡아 없애야 해.'

파리가 아파트 계단 한쪽 벽을 차지한 커다란 창에 부딪혀 모서리로 미끄러지자 현우는 파리를 없애야 한다는 단 한 가지 생각에 사로잡혀 있는 힘을 다해 공격을 했다.

해마다 여름철이 시작되면 학교 선생님들은 '파리는 온몸에 병균을 묻히고 다니면서 사람들에게 무서운 질병을 옮기는 해로운 곤충이니 박멸해야 한다.'고 말씀하셨다. 그 가르침에 따라 파리는 나쁜 곤충이라는 생각이 현우의 머릿속에 깊이 새겨져 있는 까닭이었다.

'도현스님은 이 세상에 나쁜 벌레는 없다고 하셨어. 모든 생명을 아끼고 사랑해야 한다고 말씀하셨어. 그렇지만 학교 선생님들 말씀대로 파리는 전염병을 옮겨 많은 사람을 아프게 하잖아? 사람에게 해를 끼치는데도 아끼고 사랑해야 하는 걸까?'

현우는 도현스님의 말씀이 정말 옳은 것인지 알 수 없었다.

창턱에 누워 다리를 버르적거리는 파리를 멍하니 바라보며 스님의 말씀을 곰곰 되새겨 보고 있던 현우의 눈에 파리의 모습이 점차 익숙해지면서 어찌 된 일인지 조금도 징그럽게 느껴지지 않았다. 그렇다고 예쁜 건 아니었다. 하지만 괴물의 모습도 아니었다. 머리 앞쪽에 달린 불그스름한 빛을 띤 두 개의 커다란 겹눈이 가는 실로 짠 망사처럼 앙증맞아 보였고, 이등변삼각형 모양을 한 날렵한 몸체가 우주 영화에 나오는 전투기처럼 멋지게 보였다. 가만히 살펴보고 있자니 몸통을 흔들던 파리의 움직임이 점차 둔해지더니 툭 멈추고 말았다. 곧 이어 허공을 더듬던 여섯 개의 다리의 움직임도 그쳤다.

'죽고 만 걸까?'

오른손을 활짝 펴 파리 눈앞에 가까이 대고 흔들어보았지만 파리는 아무 반응도 보이지 않았다.

잠시 우두커니 죽은 파리를 내려다보던 현우는 학교에 늦을지도 모른다는 생각에 황급히 몸을 틀어 계단을 내려갔다. 아파트 현관을 나서니 흐린 하늘에서 빗방울이 뚝뚝 떨어지고 있었다. 현우는 보조가방에서 우비를 꺼내 입고 교문을 향해 부지런히 발걸음을 옮겼다.

'창문을 열어 주었으면 파리가 밖으로 날아갔을 텐데……. 괜한 짓을 했어.'

하늘을 가득 뒤덮은 짙은 잿빛 구름만큼이나 현우의 마음은 어둡고 무겁기만 했다.

『큰검정파리: 한국, 일본, 중국, 인도, 유럽, 북아메리카에 분포하는 몸길이 8~13mm의 곤충. 1년 중 가장 먼저 나타나며 날이 더워지면 높은 산으로 옮겨 간다. 썩은 고기나 사람과 동물의 분변에 모여든다. 사람에게 위생상 여러 가지 해를 끼친다.』

수업이 끝난 후 도서실에서 펼쳐 본 학습대백과 사전에는 선명한 세밀화와 함께 현우가 아침에 만난 파리의 이름이 큰검정파리이며 사람에게 해를 끼친다고 적혀 있었다.

'이름이 큰검정파리로구나. 그런데 파리가 사람에게 어떤 해를 끼치는 걸까? 썩은 고기나 사람과 동물의 분변에 모여든다고 하니 온몸에 많은 병균이 묻어 있겠지. 파리가 병균을 묻히고 다니면서 무서운 질병을 옮긴다고 하는데 대체 무슨 질병일까?'

궁금한 마음에 현우는 학습대백과 사전을 이리저리 들춰보았지만 파리가 어떤 질병을 옮기는지 정확히 설명해 놓은 곳이 없었다.

2학년 때에도 3학년 때에도 학교 선생님들은 파리가 무서운 질병을 옮기는 해로운 곤충이니 모두 다 잡아 없애야 한다고 말씀하셨다. 지금 4학년 선생님은 아직 그런 말씀을 하지 않으셨지만 날이 더워지고 있으니 곧 그 말씀을 하실 것이다. 현우는 그

동안 선생님들의 가르침대로 파리는 나쁜 벌레이니 보이는 대로 없애야 한다고 철석같이 믿고 그것을 행동에 옮겼던 것뿐이다. 그런데 그 가르침에 대해 의문이 생기기 시작했다.

파리가 무서운 질병을 옮기는 게 맞을까. 혹시 잘못 알고 있는 것은 아닐까. 현우의 머릿속에서는 파리가 그렇게 해로운 곤충이 아닐지도 모른다는 생각이 조금씩 자리를 넓혀 가고 있었다.

도서실에서 교실로 돌아와 보니 반 아이들이 아무도 없었다. 창밖에서는 빗줄기가 조금씩 굵어지고 있었다. 다섯 시까지 교실에 남아 숙제를 하거나 복습을 하곤 하던 아이들이 장대비가 쏟아질 것 같아 모두 서둘러 집에 돌아간 게 틀림없었다. 시커먼 먹구름에 뒤덮인 하늘이 점차 어두워지고 있었다. 번갯불이 번쩍이더니 천둥소리가 교실을 뒤흔들었다. 곧 이어 세찬 비가 쏟아져 내릴 것이다.

'이대로 집에 가다간 우비를 입고 가도 온몸이 흠뻑 젖고 말거야. 조금 기다렸다가 빗발이 약해지면 가자.'

현우는 자기 자리에 앉아 창밖을 내다보았다.

산딸나무가 센 바람에 기우뚱거리며 물을 흠뻑 머금은 하얀 꽃잎을 와스스 쏟아 냈다. 바람에 휩쓸린 하얀 이파리들은 봄날 꽃밭을 찾는 나비 떼처럼 둥실 떠올라 재빨리 어딘가로 사라지고 있었다.

유리창 바깥 면에는 빗물이 흘러내리며 각양각색의 문양을 그려 놓고 있었다. 흐르는 빗물에 흐릿하게 풀어진 화단의 풍경을 물끄러미 바라보고 있던 현우의 눈에 초록빛 점 같은 것이 보였다.

'어, 뭐지?'

살펴보니 조그만 파리였다. 새끼손가락 손톱 절반 정도 크기의 아주 작은 파리였다. 몸통이 초록 광택으로 반짝이는 낯선 모습의 파리가 유리창 안쪽 모서리 구석에 달라붙어 꼼짝도 하지 않고 있었다.

'앗, 파리다.'

현우는 자기도 모르게 손을 번쩍 치켜들었다. 하지만 곧 바로 슬그머니 손을 내렸다. 아침 등굣길에 벌어진 일과 '이 세상에 나쁜 벌레는 없으니 함부로 생명을 빼앗아서는 안 된다.'는 도현스님의 말씀이 떠오른 까닭이었다.

현우는 파리의 모습을 자세히 살펴보았다. 아침에 층계참에서 본 큰검정파리와 생김새가 똑같았다. 단지 크기가 작고 몸통 색깔이 반짝이는 초록빛이라는 것만 다를 뿐이었다.

'새끼일까? 자라면 색이 시커멓고 몸집이 커지는 걸까? 아니면 종류가 다른 걸까? 도서실에 가서 학습대백과 사전을 찾아보자.

그러면 바로 정체를 알 수 있을 거야.'

현우가 막 일어서려는데 드르륵 문 열리는 소리가 들렸다. 돌아보니 담임선생님께서 눈을 둥그렇게 뜨고 현우를 쳐다보고 있었다.

"현우야, 아직 집에 안 갔구나. 혼자 뭐하고 있니?"

"도서실에서 책을 보다가 왔어요. 집에 가려는데 비가 너무 많이 쏟아져서 좀 그치면 가려고 기다리고 있어요."

현우 옆에 다가 온 선생님이 창밖을 살펴보시며 고개를 끄덕였다.

"그랬구나. 비가 꽤 많이 올 것 같은데 어쩜담. 옳지, 그래. 조금 이따 내가 퇴근할 때 차 태워 줄 테니 같이 가자. 그때까지 기다리렴. 아니, 저런……. 교실에 금파리가 날아 들어왔다가 갇힌 모양이네."

선생님이 쯧쯧 혀를 차면서 창문을 밀어 열더니 파리 위로 손을 휘저었다. 죽은 듯 꼼짝 않고 있던 파리가 날아오르며 재빨리 열린 창문을 통해 밖으로 날아갔다. 보이지 않는 유리벽에 막혀 나갈 방법을 찾지 못해 애태우던 파리는 옳다구나 쾌재를 부르며 날아갔을 것이다.

파리를 놓아주다니. 정말 뜻밖이었다.

'저 파리의 이름이 금파리로구나. 그런데 선생님은 왜 파리를 잡아 없애지 않고 창밖으로 내보낸 걸까.'

현우는 선생님이 파리를 놓아준 까닭이 몹시 궁금했다.

"선생님, 파리는 전염병을 옮기는 나쁜 곤충인데 왜 잡지 않고 내보내 주셨어요? 금파리는 전염병을 옮기지 않나요?"

현우의 물음에 선생님은 고개를 가로저었다.

"금파리든 검정파리든 집파리든 파리는 모두 다 전염병을 옮긴단다. 죽은 동물의 몸이나 배설물을 찾아다니며 그것을 먹고 거기에 알을 낳기 때문에 몸에 나쁜 병균이 달라붙을 수밖에 없지. 그 몸으로 사람이 먹는 음식에 찾아들기도 하니 사람에게 병균이 옮을 수밖에 없지."

"어떤 전염병을 옮기는데요?"

"장티푸스나 콜레라, 이질 등 소화기관을 상하게 하여 설사를 일으켜 사람들을 죽게 하는 무서운 전염병을 옮긴단다. 이들 세 가지 질병은 예전에 아주 많은 사람들의 목숨을 앗아 갔단다. 지금도 아프리카나 동남아 같은 열대지방에 있는 가난한 나라에서는 많은 아이들이 이들 질병으로 목숨을 잃고 있단다."

모두 다 들어본 적이 없는 낯선 이름의 질병이었다. 파리가 이렇게 무시무시한 질병을 옮긴다면 모두 다 없애야 하는 거 아닐까. 그런데 선생님은 왜 파리를 놓아 준 걸까. 현우는 그 까닭이 몹시 궁금했다.

"근데 선생님, 다른 선생님들은 모두 다 파리를 보면 없애라고 말씀하셨는데 선생님은 왜 잡지 않고 놓아주셨어요?"

선생님이 현우의 생각을 알아보려는 듯 현우의 눈을 가만히 들여다보더니 천천히 입을 열었다.

"내 생각은 조금 다르다. 전염병을 옮긴다고 해서 파리를 모두 다 없애서는 안 된다는 생각이지. 전염병을 막으려면 주변 환경을 깨끗이 하고 음식물을 상하지 않게 잘 보관하는 게 무엇보다 중요한 일이야. 음식에 파리가 달라붙지 않게 하면 저절로 해결되는 일이다. 요즈음 우리나라에서는 파리가 옮기는 전염병이 거의 발생하지 않아. 모두 주변을 깨끗하게 하고 음식물을 잘 보관하고 있기 때문이지. 그러니 굳이 파리를 잡아 없애지 않아도 괜찮지 않겠니?"

'아, 그렇구나. 음식물에 달라붙지 못하게 한다면 파리가 아무리 무서운 병균을 몸에 묻히고 있더라도 걱정할 일이 없지.'

현우는 선생님의 말씀이 옳다고 생각했다.

선생님은 현우의 눈을 지그시 바라보며 환한 미소를 지으면서 말을 이어 나갔다.

"현우야, 자연 생태계를 구성하고 있는 생물 하나하나는 각자 제 나름대로 중요한 역할을 하고 있단다. 그러니 한마디로 이것은 나쁜 생물 이것은 좋은 생물 이렇게 편을 갈라 말할 수는 없다. 예전에 중국에서 마오쩌둥이라는 지도자가 참새를 모두 다 잡아 없애라는 명령을 내린 일이 있었다. 참새가 귀중한 곡식을 쪼아 먹는 나쁜 새라는 게 그 이유였지. 농민들은 명령에 따라 참새를 보는 대로 다 잡아 버렸어. 그런데 무슨 일이 벌어졌는지 아니? 그해 농사가 엉망진창이 된 거야. 일 년 내내 날이 좋고 비도 적당히 왔는데 가을에 추수할 게 거의 남아 있지 않을 만큼 흉작이 되어 버리고 만 거야. 왜 그런 일이 벌어졌을까? 참새가 사라지니 농작물을 갉아먹는 해충이 폭발적으로 늘어난 까닭이란다. 참새가 곡식을 먹기도 하지만 해충도 많이 잡아먹는다는 사실을 몰랐던 것이지. 마오쩌둥 지도자는 모든 참새를 잡아 없애라는 명령을 취소할 수밖에 없었지."

담임선생님도 도현스님처럼 나쁜 벌레는 없다고 믿고 있는 거였다. 현우는 그 사실이 몹시 흥미로웠다. 그렇다면 파리도 참새처럼 사람들에게 도움이 되는 일을 하고 있을까? 궁금했다.

"선생님, 파리도 사람에게 도움이 되나요?"

현우의 물음에 선생님은 크게 고개를 끄덕였다.

"물론이지. 파리가 죽은 동물의 몸이나 배설물에 알을 낳으면 애벌레인 구더기가 그것을 먹어 치워 자연을 깨끗하게 유지하는 데 도움을 준단다. 파리는 아주 중요한 청소부야. 예전에는 큰 상처가 나 아물지 않고 곪으면 그곳에 구더기를 옮겨 놓아 고름을 다 빨아먹게 하는 치료 방법을 썼다고 한다. 항생제를 쓰는 것보다 훨씬 자연친화적인 치료 방법이지. 게다가 항생제를 이겨 내는 새로운 병균들이 자꾸 생겨나기 때문에 과학자들은 구더기를 이용해 치료하는 방법에 대해 더욱 깊은 연구를 하고 있단다. 그 밖에도 다른 중요한 역할을 하고 있을 거야. 아직 우리가 자세히 알지 못하는 어떤 역할을 틀림없이 하고 있을 거야. 그러니 함부로 좋다 나쁘다 말할 수 없는 것이지."

현우는 나쁜 벌레는 없다는 도현스님의 말씀이 조금도 잘못된 것이 아니라는 것을 분명히 알 수 있었다. 그리고 앞으로 모든 생명체들을 더욱 귀하게 여겨야겠다고 단단히 다짐했다.

선생님의 이야기에 푹 빠져 있던 현우가 창밖을 보니 하늘이 훤해지고 있었다. 부옇게 피어오른 옅은 안개 속에서 약한 빗발이 부슬부슬 흩날리고 있었다. 비가 잠시 그칠 모양이었다. 비가 다시 시작되기 전에 집에 가야 한다. 부지런히 걸으면 십여 분이면 집에 갈 수 있다. 현우는 선생님께 인사를 하고 교실을 나섰다.

다행히 비를 맞지 않고 아파트 단지까지 올 수 있었다. 아파트 계단을 걸어 올라가던 현우는 삼층과 사층 사이 계단참에 이르자 걸음을 멈추었다. 검정큰파리가 어찌 되었을까. 궁금했다. 현우는 계단 벽면의 창턱을 살펴보았다. 파리는 아침에 쓰러진 그 상태 그대로 창턱에 나뒹굴고 있었다. 불그스름한 빛을 띤 두 개의 겹눈이 탁한 자줏빛으로 바뀌어 지저분해 보였고, 여섯 개의 가느다란 다리가 몸통에 바싹 오그라든 채 달라붙어 있어 아침 때보다 크기가 작고 기이해 보였다.

공연한 짓을 했다고 후회하면서 현우는 파리를 땅에 묻어 주어야겠다고 마음먹었다.

'그런데 파리를 어떻게 옮긴담.'

나무젓가락이나 플라스틱 빨대 같은 것이 있지 않을까 싶어 현우는 책가방 속을 뒤져 보았다. 책가방 속에는 쓸 만한 것이 아무 것도 없었다. 맨손으로 집어 들려니 왠지 께름칙했다.

'어떻게 할까. 집에 가서 책상 서랍에 있는 핀셋을 가져올까.'

몸을 틀어 계단을 걸어 올라가려던 현우는 책가방 속 필통에 작은 가위 하나를 넣어 둔 일이 생각났다. 가위를 조심스레 다루면 파리의 몸통을 상하게 하지 않으면서 아파트 바깥 화단으로 옮길 수 있을 것이다. 가위를 꺼내 한쪽 날을 파리 몸통 아래로

밀어 넣으려던 현우는 뚝 움직임을 멈췄다.

'아니야, 이건 아니야. 이래서는 안 돼.'

현우는 가위를 책가방 속 필통에 도로 집어넣었다.

잠시 망설이던 현우는 오른손 엄지와 검지를 집게처럼 구부렸다. 몇 차례 심호흡을 하며 숨을 고른 다음 현우는 손끝으로 조심스레 죽은 파리를 집어 들었다. 마른 꽃송이를 만진 것처럼 손끝에 가볍고 바삭바삭한 감촉이 느껴졌다. 걱정했던 것과 달리 징그럽다거나 더럽다는 느낌은 조금도 들지 않았다.

붉은 벽돌집 아이

"그날 이후 달이 뜨지 않는 밤 자정이면 그 집 부엌에서 이상한 일이 벌어졌어. '으으 으흑 흑' 하는 여자아이의 흐느낌 소리가 들릴 듯 말 듯 작게 시작되어 조금씩 커지다가 나중에는 '아이고 아이고' 통곡 소리가 되는 거였어."

웅이네 아파트 정문을 나서면 왕복 이차선 아스팔트 도로가 앞쪽으로 곧게 뻗어 있다. 그 길을 오 분정도 걸어가면 한복판에 아름드리 느티나무가 한 그루 서 있는 로터리가 나온다. 거기서 길이 두 갈래로 갈라지는데 오른쪽 길이 춘천 가는 길이다. 길은 호수를 따라 사오백 미터쯤 뻗어 나가다가 불쑥 솟은 언덕을 크게 휘돌아 넘어가며 사라진다.

춘천 가는 언덕길 꼭대기 조금 못 미친 곳에 큰 삽으로 떠낸 것 같은 너른 터가 펼쳐져 있다. 웅이네 학교 운동장 서너 배쯤 되는 넓은 땅이다. 큰 나무는 없고 싸리나무만 무성하게 자라는 싸리 숲이다. 싸리 숲 끄트머리는 호수와 맞닿은 절벽이다. 거기에 지붕이 뾰족한 서양식 이층 벽돌집이 한 채 자리 잡고 있다. 어른 키 높이로 담장을 쌓아 놓아 안은 보이지 않는다.

지난 겨울방학 갈마 초등학교에 전학 온 웅이는 새로 사귄 친구 기윤이에게서 절벽 위 붉은 벽돌집에 얽힌 기이한 이야기를 들었다. 새 학년이 시작한 삼월 첫 주 토요일 기윤이가 마을 구경을 시켜 준다기에 호숫가를 돌아보던 때였다. 기윤이가 붉은 벽돌집을 손끝으로 가리키며 사람이 살고 있는지 살지 않는지 알 수 없다며 고개를 갸웃거리다 대뜸 엉뚱한 말을 했다.

"저 집, 귀신 나오는 집이야."

전래동화나 영화에 귀신 이야기가 많이 나오지만 웅이는 한 번도 귀신을 본 적이 없어 귀신이란 것은 없다고 생각하고 있던 참이었다. 그런 차에 귀신이 나온다는 말을 들으니 당황스러웠다.

"뭐? 귀…… 귀신? 귀신이 어디 있어? 그런 건 없어. 그건 이야기책에서나 나오는 거야."

웅이가 목소리를 높였다. 기윤이는 웅이의 얼굴을 가만히 쳐다보며 잠시 생각에 잠겨 있다가 조심스레 입을 열었다.

"맞아, 웅이야. 나도 귀신은 없다고 생각해. 그렇지만…… 우리 마을에 전해 내려오는 이상한 이야기라 들려주고 싶어. 들어 볼래?"

호기심이 일어 웅이는 귀를 쫑긋 세웠다.

"옛날에 붉은 벽돌집이 있는 저 자리에 큰 기와집이 있었어.

한양에서 높은 벼슬을 하고 내려오신 대감님이 살았는데 하인도 많이 거느리고 있었고 호숫가 주변에 있는 논밭도 전부 그 집안 것이었대. 어느 날 열세 살 먹은 어린 하녀가 집안 청소를 하다 안방 진열대에 놓인 작은 접시 하나를 깨트리고 말았어. 별거 아닌 줄 알았는데 그게 그 집안의 가보래. 집안이 발칵 뒤집혔고 마님이 이런 아이는 혼을 내야 한다며 매질을 했어. 그런데 일이 잘못되느라고 아이가 머리를 잘못 맞아 그 자리에서 죽고 만 거야. 마님은 하인들을 시켜 죽은 아이를 뒤뜰 잣나무 밑 으슥한 곳에 파묻게 하고 이런 일이 있었다는 것을 아무에게도 말하지 말라며 단단히 입단속을 했지."

"그 여자 아이가 귀신이 되었구나."

기윤이는 고개를 크게 끄덕였다.

"그래, 맞아. 그날 이후 달이 뜨지 않는 밤 자정이면 그 집 부엌에서 이상한 일이 벌어졌어. '으으 으흑 흑' 하는 여자아이의 흐느낌 소리가 들릴 듯 말 듯 작게 시작되어 조금씩 커지다가 나중에는 '아이고 아이고' 통곡 소리가 되는 거였어. '아이고 아이고' 통곡이 시작되면 그 소리에 이어 찬장에서 그릇이 한꺼번에 와르륵 바닥에 쏟아져 깨지는 소리가 요란하게 터져 나왔어. '아이고 아이고 와르륵, 아이고 아이고 와르륵' 하는 기이한 소리였지.

자다가 놀라 깨어난 사람들이 등잔불을 들고 부엌에 달려가 보았지만 여자아이도 깨진 그릇도 보이지 않았어. 사람들이 부엌에서 나가면 기다렸다는 듯 또 다시 흐느낌이 시작되었고, '아이고 아이고 와르륵, 아이고 아이고 와르륵' 하는 괴이한 소리는 서른이나 마흔 번쯤 되풀이되고 나서야 잠잠해지곤 했대. 죽은 여자아이의 원혼이 나타난 거야. 끔찍하고 무서운 일이었지. 마님은 잘못을 뉘우치며 무당을 불러 굿을 하고 용하다는 스님을 찾아가 천도재를 지냈어. 아무 효험이 없었어. 겁에 질린 하인들이 하나둘 도망가고 마을 사람들도 얼씬하지 않자 대감님은 집안 식구들을 데리고 먼 곳으로 이사를 가 버리고 말았어. 이후 여우와 너구리만 들락거리는 폐가가 되고 말았는데 얼마 지나지 않아 알 수 없는 불이 나 그마저도 모두 타 버리고 말았대."

아, 그런 일이 있었구나. 웅이는 이 세상에 귀신은 없다고 믿고 있지만 기윤이의 말을 들으니 머리칼이 쭈뼛 솟고 가슴이 두근거렸다. 그런데 불이 나 다 타버렸다는데 저 집은 뭘까. 웅이는 무서우면서도 자세한 사실을 알고 싶은 궁금증에 휩싸였다.

"그럼 저 벽돌집은 뭐야?"

"전에 우리나라에 큰 전쟁이 있었잖아? 북한 공산군이 일으킨 전쟁 말이야. 그때 저쪽 삼팔선 너머 평강에 살다 식구들을 모두 데리고 여기 내려온 사람이 있었어. 전쟁이 끝나자 그 사람이 저 벽돌집을 지었대. 고향집이 싫어서 돌아가지 않고 여기서 살겠다고."

"아무 일 없었을까?"

"글쎄……. 그게 수수께끼야. 그 사람과 가족들이 벽돌집에 들어와 산 후 십 년쯤 되던 어느 날 이런저런 말도 없이 모두 다 사라져 버렸대."

"에? 그런 일이 있었어?"

웅이의 목덜미에 찌릿 소름이 돋았다.

"아빠가 그러는데 그런 일이 벌어지자 귀신 나오는 집이라고 무서워하며 아무도 거기 들어가 살려 하지 않았대. 한동안 빈집으로 남아 있었지. 그런데 우리 아빠가 초등학교 다닐 때 호수 건너 안골에 사는 춘지라는 청년이 결혼을 하고 아내와 같이 들어와 살겠다고 한 거야. 이렇게 좋은 집을 왜 내버려두냐며 귀신이 어디 있느냐며 무너진 벽을 다시 쌓고 공터에 무더기로 자라는 싸리를 모두 베어내 밭을 만들어 농사를 지었대."

"귀신은 어찌 되었대? 귀신이 해코지하지 않았대?"

"글쎄……. 그 이후 일은 아빠도 잘 몰라. 아빠는 그 집에 언젠가부터 사람의 모습이 보이지 않아 무슨 일이 생겼나 보다 생각한 적은 있었대. 그렇지만 우리 도티말 사람도 아닌 안골 사람이고 해서 별로 관심을 갖지 않았다고 해."

무슨 일이 벌어진 걸까. 모두 다 죽고 만 걸까. 그래서 지금은 빈집으로 아무도 살지 않는 걸까. 사람이 살지 않으니 밭도 폐허가 되고 싸리만 무럭무럭 자라난 걸까. 그렇다면 귀신은? 귀신이 지금도 저 집에 머무르고 있는 건 아닐까.

"기윤아, 지금도 귀신이 나와?"

"작년 여름에 육학년 형이 그런 말을 한 적이 있어. 밤에 저 집 옆에 가까이 가 본 적이 있었는데 '아이고 아이고 와르륵' 하는 소리가 들려 꽁지가 빠지게 도망쳤다고 말이야. 자기 아빠가 한 번 귀신이 나타난 곳은 나쁜 기운이 모여 없어지지 않으니 가까이 가면 안 된다고 했대. 그런데 정말 그런지 알고 싶어 몰래 가 봤다더라. 그 형 대단하지? 그런데 그 말 사실일까? 정말 한밤중에 혼자 가 봤을까? 믿을 수 없어. 본 사람이 아무도 없거든. 나를 놀리려고 한 거짓말인지도 몰라."

웅이는 붉은 벽돌집에서 무슨 일이 벌어지고 있는지 몹시 궁금했다. 기윤이도 궁금한 게 많은 게 틀림없었다. 그렇다고 해서 한밤중에 귀신이 내는 소리를 들으러 벽돌집에 가까이 가 볼 용기는 웅이에게도 기윤이에게도 없었다.

그날 이후 웅이는 붉은 벽돌집을 눈여겨 살펴보았다. 몇 주가 지나도 드나드는 사람은 코빼기도 보이지 않았다.

웅이네 반 아이들도 기윤이를 빼고 붉은 벽돌집에 얽힌 귀신 이야기를 아는 사람은 아무도 없었다. 누군가가 지어낸 황당한 옛날이야기일 뿐일까. 아니면 기윤이가 헛소문을 들었던 걸까. 귀신은 보이지 않는다뿐이지 정말 있는 거 아닐까. 한동안 많은 의문이 불쑥불쑥 떠올라 웅이의 머릿속을 맴돌았다. 하지만 시간이 흐르면서 점차 뜸해지더니 언제인지 모르게 슬며시 모두 다 사라지고 말았다.

산골의 겨울은 빠르다. 더위가 한창이다 싶더니 어느새 알록달록한 단풍과 가을걷이와 와스스 쏟아지는 낙엽이 앞서거니 뒤서거니 하면서 빠르게 이어지다가 삽시간에 황량한 들판이 눈앞에 불쑥 펼쳐졌다. 머지않아 온 천지를 뒤덮는 함박눈이 펑펑 쏟아져 내릴 것이다.

웅이가 붉은 벽돌집에 다시 관심을 갖게 된 것은 마을 앞 금암산 전체를 붉게 물들이던 단풍도 다 떨어지고 아침이면 벼 벤 빈 들판에 하얀 서리가 내리던 초겨울 어느 날이었다. 저녁 무렵 아빠와 함께 창수 아저씨 농장의 누렁이 남이를 데리고 호숫가를 산책하던 웅이는 이상한 것을 보았다. 붉은 벽돌집의 호수 쪽 창문에 불이 켜져 있었던 것이다. 어라, 웬 불빛이지?

"아빠, 저 집에 불이 켜져 있어."

웅이의 말에 아빠는 시큰둥한 표정을 지었다.

"사람이 사니까 불이 켜져 있는 게 당연하지. 왜? 그게 이상해?"

"아빠, 저 집 빈집 아니야?"

"빈집이냐고? 아니야. 사람이 살아. 지난여름 유월 말쯤 나이 많으신 할아버지와 할머니가 손녀딸을 데리고 저 집에 들어 왔어. 그 아이가 4학년이라고 한 거 같았는데……. 웅이 너와 한 반일 텐데 몰라? 아, 그래. 그렇지. 몸이 아파서 당분간 학교를 쉬고 있다고 했다."

'아, 그렇구나. 아빠가 이사 온 사람들을 만나 본 모양이네. 설마 그 여자아이가 그릇을 깨트렸다가 죽은 하녀의 원혼은 아니겠지?'

이런 생각을 하다가 웅이는 입술을 꽉 깨물었다. '아빠, 저 집에 귀신 나온대.'라는 말이 자기도 모르게 입 밖으로 튀어나오려 한 탓이었다.

웅이 아빠는 귀신 이야기를 믿지 않는다. 귀신은 사람들이 만들어 낸 것이라고 한다. 좀비나 드라큘라처럼 사람들이 만든 상상의 세계 속에서만 살아 있는 것이라고 한다. 이런 아빠에게 '아이고 아이고 와르륵' 귀신 이야기를 하면 틀림없이 껄껄 웃으며 어리석은 생각이라고 크게 핀잔만 줄 것이다.

아빠에게서 붉은 벽돌집에 사람이 살고 있다는 이야기를 들은 지 열흘쯤 지난 토요일 오후 웅이는 창수 아저씨 농장 일을 거들고 나서 남이를 데리고 호숫가 논에 나갔다. 학교에서 만든 연을 날려 보고 싶었다. 날이 쌀쌀해 장갑을 끼고 털모자를 써 채비를 단단히 했다. 벼를 베어 낸 빈 들판과 호수에는 거치적거리는 게 아무 것도 없어 연날리기에 아주 안성맞춤이었다.

기윤이와 민영이하고 셋이 함께 연을 날릴 계획이었지만 혼자 날릴 수밖에 없었다. 기윤이는 외할머니 병세가 좋지 않아 엄마와 춘천 병원에 병문안을 갔고, 민영이는 감기가 심해 종일 집안에 있어야 했던 까닭이었다.

그날따라 바람이 불지 않아 연이 솟아오르지 않았다. 연줄을 잡고 힘껏 달리면 조금 하늘에 떠오르는가 싶더니 뜀박질을 멈추면 논바닥으로 곤두박질 치곤했다. 몇 차례 뜀박질을 하니 가슴이 터질 듯 쿵쾅거리고 어질어질 현기증이 일었다.

논바닥에 털썩 주저앉아 주위를 둘러보니 붉은 벽돌집이 있는 절벽 밑이었다. 웅이가 처음 와 본 곳이었다. 가까운 곳에서 바라보니 절벽이 생각보다 높아 보였다. 멀리서 볼 때와 다르게 벽돌집도 유럽의 옛 성처럼 우람해 보였다. 벽돌집 바로 옆으로 그다지 가파르지 않은 벼랑을 비스듬히 가로지르며 호숫가까지 좁은 오솔길이 이어져 있었다.

아, 여기 이런 길이 있었구나.

웅이는 새로 알게 된 사실이 무척 흥미로웠다. 붉은 벽돌집을 올려다보니 창문은 굳게 닫혀 있었고 안쪽에 짙은 자줏빛 커튼이 드리워져 있었다.

'저 집에 사람이 살고 있다고? 그런데 난 왜 그 사람들을 한 번도 볼 수가 없었지? 혹시 귀신이 아닐까?'

웅이는 멍하니 창문을 바라보았다.

넓은 벌판에 나온 게 무척 기쁜지 남이는 연신 겅중겅중 내달리며 컹컹 짖어 댔다. 하늘로 떠오르지 않는 연을 논바닥에 팽개치고 웅이는 벌떡 몸을 일으켰다. 해가 질 때까지 남이와 신나게 장난치며 뛰어다니고 싶었다. 남이를 부르러 몸을 돌리려는 순간이었다. 자줏빛 커튼이 가볍게 벌어지며 사람의 모습이 나타났다. 하얀 블라우스를 입은 여자아이였다.

'앗, 사람이다. 이 집 손녀딸인가보다.'

개 짖는 소리가 궁금했던지 여자아이는 창문을 활짝 열고 황량한 논 한복판을 바라보았다. 어깨까지 닿는 기다란 단발머리에 안경을 끼고 있었다. 얼굴빛이 창백하고 턱이 뾰족한 게 병색이 짙어 보였다. '아이고 아이고 와르륵' 귀신의 낌새는 전혀 보이지 않았다. 사람이 분명했다.

눈이 마주치자 웅이는 반갑다는 표시로 한 손을 들어 올려 흔들며 환하게 미소 지었다. 그런데 여자아이가 불에라도 덴 듯 움찔하더니 부리나케 창문을 닫고 커튼을 쳤다.

'왜 저러지? 내가 귀신처럼 보이기라도 하는 걸까?'

웅이는 여자아이의 행동을 이해할 수 없었다. 바람도 안 부는 데다 이상한 여자아이까지 보게 되어 기분이 께름칙했다. 더 이상 연을 날려 볼 기분이 아니었다. 웅이는 집에 돌아갔다가 다음 날 아침 다시 나오기로 마음먹었다.

흐트러진 연줄을 얼레에 감던 웅이는 문득 움직임을 멈추고 이마에 온 신경을 집중했다. 바람이다. 바람이 불어오고 있었다. 호수 쪽에서 서늘한 바람이 불어오고 있었다. 머리카락을 가볍게 흔들 정도의 약한 바람이지만 연이 떠오를지도 모른다.

"야호!"

웅이는 낯선 여자아이에 대한 생각을 떨쳐 버리고 연줄을 다시 풀어내며 빈 들판을 내달렸다. 미풍이지만 바람은 연을 하늘로 들어 올려 주었다. 그렇지만 바람이 약해 연이 높이 오르지 못

하고 자꾸 땅으로 내려앉았다. 그때마다 웅이는 빠르게 내달리며 연을 높이 띄우려 애썼다. 장갑도 털모자도 벗어던졌지만 온몸이 땀에 젖고 숨이 턱 끝에 닿았다.

마구 내달리는 웅이의 눈에 붉은 벽돌집 창문이 스쳐 지나갔다. 바람을 받아 하늘로 조금씩 솟아오르는 연을 향해 눈을 돌리고 난 후에야 비로소 웅이는 누군가 커튼 뒤에 몸을 숨기고 있는 것 같다는 생각이 들었다. 그 여자아이일까? 혹시 뭘 잘못 본 건 아닐까? 급히 돌아보니 커튼이 조금 벌어져 있었고 그 틈새로 들판을 내려다보고 있는 하얀 블라우스 차림의 여자아이 모습이 확실히 눈에 들어왔다.

'아, 맞구나. 참 이상하네. 창문을 열고 내다보면 될 텐데.'

웅이는 연을 띄어 올리려 빠르게 내달리며 힐끗힐끗 붉은 벽돌집 창문을 살펴보았다. 자기를 눈여겨보고 있다는 것을 분명히 알 텐데 여자아이는 몸을 완전히 감추려 하지 않았다. 날이 어둑어둑해져 웅이가 연을 챙겨 집으로 돌아갈 때까지 여자아이는 그 모습 그대로 웅이를 지켜보고 있었다.

도대체 어떤 아이일까. 어디가 어떻게 아픈 걸까. 왜 할아버지 할머니와 같이 살고 있는 거지? 엄마와 아빠가 없나? 왜 내 모습을 지켜보았을까? 연을 날려 보고 싶었을까? 연을 날려 보고 싶으면 오솔길을 따라 호숫가로 내려오면 될 텐데 왜 몸을 숨기고 있었지? 의문이 꼬리에 꼬리를 물었지만 아무리 생각해도 답을 찾을 수 없었다.

일주일 내내 웅이는 지독한 궁금증에 시달렸다. 호숫가 절벽 밑으로 나가 보고 싶었지만 그럴 수 없었다. 방과 후 수업까지 마치고 학교를 나서면 이미 겨울 해가 금암산을 넘어가 주변이 어둑어둑해지기 시작하기 때문이었다. 아파트 발코니에서 붉은 벽돌집 창문에 켜진 불빛을 바라보는 것으로 만족해야 했다.

드디어 기다리던 토요일이다.

웅이는 아침 식사를 마치기 바쁘게 연을 들고 나섰다. 창수 아저씨 농장에 들러 남이를 풀어 함께 절벽 밑으로 달려갔다. 한 주 사이에 날이 무척 추워졌다. 기온이 영도 가까이 곤두박질 친 데다 호수 쪽에서 차가운 바람까지 불어오고 있어 금세 손이 시리고 어깨가 떨렸다. 다행히 연줄을 끊어 버릴 만큼 강한 바람은 아니었다. 웅이는 연을 날릴 채비를 하며 붉은 벽돌집 창문을 바라보았다. 창문은 굳게 닫혀 있었고 자줏빛 커튼도 무겁게 드리워져 있었다.

실망스러웠지만 웅이는 연을 날리며 기다리기로 마음먹었다. 차가운 바람이 좋은지 남이는 잠시도 쉬지 않고 껑충거리며 컹

컹 짖어 댔다.

'개 짖는 소리가 들리면 여자아이가 창밖을 내다볼지도 몰라.'

웅이의 입가에 싱긋 미소가 번졌다.

연은 기다란 꼬리를 흔들며 가볍게 하늘로 떠올랐다. 웅이는 연줄을 풀어 주면서 힐끔힐끔 붉은 벽돌집 창문에 눈길을 주었다. 얼레에서 연줄을 다 풀어냈는데도 창문에서는 아무런 움직임이 없었다.

하늘 높이 솟아 손바닥 크기만큼 작아진 연은 길게 늘어진 꼬리만 가볍게 살랑살랑 흔들며 얌전히 한곳에 머물러 있었다. 연줄이 없으니 더 먼 곳으로 갈 수 없는 것이다. 붉은 벽돌집 여자아이가 커튼 사이로 내려다보기를 고대하며 웅이는 얼레로 연줄을 감아 연을 머리 위까지 내려오게 했다가 다시 풀어주어 하늘 높이 솟아오르게 했다. 대여섯 번 반복하고 나니 지루하기만 할 뿐 아무런 재미가 없었다. 점차 센 바람이 불어 춥기도 했고 잘못하다간 연줄이 끊어질지도 모른다는 걱정도 들었다. 하루 종일 기다릴 수는 없는 일이었다.

'오늘은 이만 돌아가고 다음에 다시 오는 게 좋겠어. 마지막 한 번만 더 높이 띄우고 돌아가자.'

웅이는 머리 위 손에 잡힐 듯 가까운 거리까지 내려 온 연을 바라보며 얼레의 손잡이를 돌려 천천히 연줄을 풀기 시작했다. 연줄을 거의 다 풀었을 즈음 웅이는 붉은 벽돌집 여자아이를 보았다.

여자아이는 붉은 벽돌집 창가가 아니라 웅이에게서 그다지 멀리 떨어지지 않은 논바닥 벼 그루터기 사이에 쪼그리고 앉아 있었다. 가을철에 입을 만한 얇은 노란빛 스웨터에 밤색 코르덴바지 차림이었다. 차가운 바람을 막기에는 차림새가 너무 허술했다. 파카 같은 두터운 방한복도 목도리도 없이 하얀 목을 드러낸 채 파리한 얼굴로 몸을 바들바들 떨고 있었다. 집 안에서 입고 있는 옷 그대로 나온 게 분명했다.

눈이 마주치자 여자아이는 손을 들어 올려 흔들었다. 반갑다고 흔드는 손짓이 아니었다. 북채를 쥐고 흔드는 것 같기도 했고 종을 치는 동작 같기도 했다. 무슨 신호를 보내는 모양인데 웅이는 전혀 짐작할 수 없었다.

'언제 나왔지? 날이 이렇게 추운데 옷도 제대로 입지 않았네. 아파서 학교도 쉬고 있다는데 저러다 큰일 나겠어. 근데 왜 저러는 걸까?'

바람이 강해져 연줄이 팽팽히 당겨지고 있었다. 바람이 강해지자 연은 한 곳에 머물러 있지 않고 연못 속의 물고기처럼 이리저리 빠르게 원을 그리며 맴돌기 시작했다.

웅이는 조금 남은 연줄을 풀어 주며 여자아이가 있는 쪽으로 천천히 발을 옮겼다. 파카를 벗어 덮어 주고 연을 거둔 다음 집에 데려다 주어야겠다고 생각했다. 절벽 오솔길을 따라 올라가면 금세 갈 수 있을 것이다.

몇 발짝 걸음을 옮기던 웅이는 얼어붙은 듯 멈춰 섰다. 여자아이가 울고 있었던 것이다. 여자아이는 온통 눈물로 범벅인 얼굴로 숨을 헐떡이며 소리 없이 울고 있었다.

'옷이 너무 얇아 추워서 저러는 걸까?'

웅이는 얼레를 꽉 움켜쥐고 잰 발걸음으로 급히 여자아이에게 다가갔다. 그리고는 재빨리 파카를 벗어 여자아이의 어깨에 걸쳐 주었다. 여자아이는 파카로 몸을 단단히 여미며 작은 몸을 더 작게 옴츠렸다.

센 바람이 부는지 연줄이 팽팽해지면서 연이 두 세 바퀴 급하게 공중제비를 돌았다. 이대로 감다가는 줄이 끊어질지도 모른다. 웅이는 힐끗힐끗 여자아이를 살피며 조심스레 연줄을 감았다 풀기를 반복했다.

갑자기 여자아이가 소리를 질렀다. 울음이 섞인 비명에 가까운 고음이었다.

"그렇게 높이 날리면 어떻게 해. 그렇게 높이 날렸다가 줄이 끊어지면 어떻게 해. 다시 찾을 수 없잖아. 그건 안 돼. 싫어. 높이 날리지 마. 높이 날리지 말란 말이야."

추워서 그런 게 아니라 연줄이 끊어질까봐 걱정이 되어서 울고 있었던 거야? 그게 이렇게 슬퍼 울 일이야? 웅이는 여자아이의 행동이 몹시 낯설고 이상했다. 어딘가 온전치 못한 상태에 있는 것 같았다. 얼른 집으로 돌려보내야 한다. 잘 달래서 집에 데려가야 하는 일이 중요하다.

웅이는 아기를 달래듯 환하게 웃으며 부드러운 목소리로 말했다.

"줄이 끊어져도 상관없어. 새로 만들면 되거든. 그건 조금도 걱정하지 마."

웅이의 말이 끝나자마자 여자아이의 입에서 새된 소리가 튀어나왔다. 한 단계 더 높은 고음이었다.

"새로 만든 연은 저 연이 아니잖아. 그건 아주 다른 거잖아. 아주 다른 거야. 다른 거라고. 안 돼."

여자아이는 두 손으로 머리를 움켜쥐고 엉엉 큰 소리로 울기 시작했다. 웅이는 뜬금없이 '아이고 아이고 와르륵' 귀신 이야기가 머리에 떠올라 가슴이 철렁했다. 연을 내팽개치고 집으로 냅다 내달리고 싶었다. 순간 머릿속 한쪽에서 '귀신은 없어. 저 아이는 귀신이 아니야. 분명히 사람이야. 좀 이상할 뿐이야. 돌봐

주어야 해.'라는 생각이 떠올라 웅이는 마음을 다잡았다.

웅이는 통곡하듯 울고 있는 아이를 바라보며 서둘러 연줄을 감았다.

저렇게 이상하게 우는 아이를 달래려면 어떻게 해야지? 좋은 생각이 떠오르지 않아 쩔쩔매는데 어디선가 굵은 함성 같은 소리가 들렸다. 둘러보니 수염이 허연 할아버지 한 분이 붉은 벽돌 집 창가에 서서 웅이에게 손짓을 하며 크게 외치고 있었다. 탁하게 쉰 거친 목소리였다. 목소리가 한데 섞여 울리는 듯해 웅이는 한마디도 알아들을 수가 없었다.

잠시 머뭇거리던 할아버지가 창가에서 사라지더니 곧바로 절벽에 모습을 드러냈다. 두터운 오리털 이불을 어깨에 짊어지고 있었다. 할아버지는 급히 절벽 오솔길을 달려 내려와 엉엉 울고 있는 아이를 이불로 덮어 끌어안았다. 할아버지의 가슴 속으로 파고들자 마음이 풀어지는지 울음소리가 조금씩 잦아들기 시작했다. 웅이는 안도의 한숨을 내쉬었다.

"얘야, 이렇게 옷으로 덮어 주기까지 하다니 참으로 착한 아이로구나. 고맙다. 정말 고맙구나. 놀랐지? 아이가 많이 아파서 이러는 것이니 넉넉한 마음으로 이해하렴. 나중에 유정이가 크게 고마워할 게야."

할아버지가 웅이의 머리를 쓰다듬어 주고는 아이를 업고 절벽 오솔길로 향했다. 아이는 잠이 든 듯 미동도 하지 않았다. 할아버지는 자장가 같은 느린 노래를 흥얼거리며 발걸음을 재촉했다. 등에 업힌 아이의 작은 발이 할아버지의 노래에 장단을 맞추기라도 하듯 깐닥깐닥 가볍게 흔들리고 있었다.

그날 밤 붉은 벽돌집 창문에 불이 들어오지 않았다. 그다음 날 밤에도 그다음 날 밤에도 불은 들어오지 않았다. 혹시나 하는 마음에 웅이는 매일 저녁 서너 번씩 아파트 발코니에 나가 붉은 벽돌집 창문을 살펴보았다. 유정이라는 아이에게 무슨 큰일이 생긴 건 아닐까. 웅이는 밤늦도록 잠을 이루지 못하고 뒤척이며 안절부절못했다.

한 주 지난 토요일 오후에야 웅이는 붉은 벽돌집 여자아이에 대한 소식을 들을 수 있었다. 창수 아저씨 농장에서였다. 작게 묶어 놓은 건초 더미를 창고에 옮기느라 바쁘게 움직이던 웅이의 귀에 붉은 벽돌집이라는 소리가 들렸다. 둘러보니 토끼 사육장 옆 나무 벤치에서 창수 아저씨와 안골에 사는 진호 아저씨가 이야기를 나누고 있었다.

웅이는 건초 더미를 내려놓고 귀를 쫑긋 세웠다.

"선생님께서 사모님 병 치료 때문에 12월 첫 주에 서울에 올라가 잠시 머물 예정이라고? 허어, 정말인가? 그러면 컴퓨터 교육은 어찌 하시겠다던가?"

"석 달만 중단하고 내년 봄에 다시 시작하겠다고 하셨어. 할 수 없지 어쩌겠나."

"사모님 병환이 이번 치료로 확실히 나으려나?"

붉은 벽돌집의 흰 수염 할아버지가 춘천 영농센터에서 컴퓨터 교육을 맡고 있는 모양이다. 그리고 그 집 할머니가 어디 많은 아프신 것이다. 웅이는 새로 알게 된 사실이 무척 흥미로워 조용히 귀를 기울였다.

"이제 거의 다 나았으니 이번이 마지막 치료가 될 거라 하셨네."

"잘되었군. 그런데 그 집 손녀딸 유정이는 어떤가? 퇴원했지? 갑작스레 폐렴은 또 뭐람. 그 선생님이 고향에서 보람 있는 일 해 보시겠다고 지난해 안골 마을에 돌아오신 후 여러 가지로 고생 많이 하시는구먼."

창수 아저씨는 안타까운지 쯧쯧 혀를 찼다.

유정이라는 여자아이가 병원에 입원했구나. 그래서 방에 불이 꺼져 있었던 거구나. 그 추운 날 옷도 제대로 안 입고 찬바람을 맞았으니 병이 나는 게 당연하지.

웅이는 파리한 얼굴로 바들바들 떨며 울던 여자아이의 모습이 떠올라 코끝이 찡해졌다.

"그래도 유정이가 많이 나아져서 다행이야. 이보게, 창수. 지난겨울 부모님이 모두 교통사고로 돌아가시고 저만 혼자 살아남은 유정이 걔가 제정신이 아니었지 않았던가. 도통 말도 안 하고 웃지도 않고 멍하니 앉아 있기만 했지. 게다가 여름에 할머니까지 암 진단을 받았으니……. 그나마 초기 암이라 천만다행이었네만 할머니까지 그리 되니 유정이가 받은 충격이 이만저만 아니었을 걸세. 나도 그 애만 보면 어찌나 마음이 아프던지."

부모님이 모두 사고로 돌아가셨고 할머니마저 큰 병에 걸렸다는 말에 웅이는 가슴이 먹먹했다. 웅이는 바닥에 내려놓은 건초 더미에 걸터앉아 턱을 괴고 계속 이어지는 진호 아저씨의 말에 귀를 기울였다.

"그런데 지난주 폐렴으로 춘천 병원에 입원하고는 그 아이가 완전히 바뀌었어. 사흘 밤낮을 계속 잠만 자다가 깨어나더니 교통사고 나기 전처럼 웃기도 잘하고 말도 또박또박 잘하는 게 완전히 딴사람이 되어 버렸다니까."

"그게 정말인가? 아이들이 연 날리는 모습만 보면 마구 울면서 연 날리지 말라고 소리치던 그 이상한 버릇도 없어졌는가?"

"그건 잘 모르겠어. 아직 그 버릇이 남아 있다 하더라도 지금

상태로 봐서는 곧 없어지지 않겠나 싶네. 그 아이가 연을 보면 돌아가신 엄마 아빠가 생각나서 그러는 거였다더군. 어제 안골 마을에 들르신 선생님께서 말씀하셨어. 돌아가신 엄마와 아빠를 줄이 끊어져 멀리 날아가 버린 연이라고 생각하면서 자기도 모르게 울음을 터트리는 거라고. 마음의 병이지. 이번에 폐렴을 앓으면서 며칠간 깊은 잠에 빠져 있는 동안 뭔가 새로운 충격을 받은 게 틀림없어. 선생님께서는 뭔지 모를 어떤 충격이 아이가 마음의 병을 이겨 내는 데 도움을 주었을 거라고 말하며 여간 기뻐하시는 게 아니었다네."

아, 그래서 유정이가 그때 그런 손짓을 한 거였구나. 연을 높이 날리지 말고 낮게 내려 달라는 부탁이었구나. 웅이는 벼 그루터기 사이에 쪼그리고 앉아 손을 흔들던 여자아이의 모습을 떠올리며 고개를 끄덕였다.

"정말 잘되었어. 유정이가 스스로 병을 이겨 낸 거야. 그게 쉬운 일이 아닌데. 마음의 병은 어른도 회복하는데 오랜 시간이 걸리지 않는가. 그런데 이렇게 회복이 되다니……. 혹시…… '아이고 아이고 와르륵' 귀신이 돌봐 준 거 아닐까?"

"귀신이? 그럴까? 맞아, 그럴지도 몰라. '아이고 아이고 와르륵' 귀신이 해코지를 했다는 이야기는 없잖아. 옛날에 그 집에 들어가 살던 우리 마을 춘지 아재가 대처에 나가 큰 부자가 되어 돌아오지 않았던가. '아이고 아이고 와르륵' 귀신이 자기 집에 들어와 사는 동생 같은 예쁜 아이가 큰 어려움을 겪고 있으니 가엾어서 도와준 게 틀림없어."

응이는 창수 아저씨가 엉뚱한 소리를 한다고 생각했는데 진호 아저씨의 대꾸가 뜻밖에 진지했다. 붉은 벽돌집에 머물러 있는 '아이고 아이고 와르륵' 귀신이 어려운 사람을 돕는 착한 귀신이라는 말이다. 정말 그럴까. 응이는 몹시 궁금했다.

"유정이는 서울에 따라가지 않고 여기 남아 있을 거라네. 학교 공부를 시작해야 하니까. 친척 할머니 한 분이 여기 와서 같이 생활할 거라더군. 겨울방학 시작하기 전에 여기 갈마 초등학교 사학년 반에 들어 와 다시 학교생활을 시작할 거래. 잘됐지?"

유정이가 반에 들어와 같이 공부하게 된다는 사실에 응이는 자기도 모르게 벌떡 일어나 어른들의 대화에 끼어들었다.

"아저씨, 정말이에요?"

창수 아저씨가 눈을 껌벅이며 응이를 쳐다보다가 입을 열었다.

"응이야, 너 유정이라는 아이를 아니?"

"몰라요."

"모른다고? 그런데 왜?"

창수 아저씨가 고개를 갸웃거리며 이상하다는 표정을 지었다. 예상하지 못한 갑작스런 물음에 웅이는 말문이 막혔다. 뭐라고 대답해야 할지 몰라 허둥대는데 진호 아저씨가 싱글거리며 알은체했다.

"여자아이가 새로 전학 온다니 좋아서 저러는 거야."

"그렇지. 워낙 한 학급에 아이들이 몇 명 없는 작은 학교이니 새 친구가 생기면 무척이나 기쁘겠지."

웅이의 속마음을 알 리 없는 창수 아저씨는 고개를 끄덕이고는 진호 아저씨와 느타리버섯 재배시설 문제를 의논하기 시작했다.

건초 더미를 들고 일어서는 웅이의 입가에 웃음이 번져 나왔다. 참으려 해도 자꾸 함박웃음이 터져 나오는 바람에 웅이는 가만히 제자리에 주저앉아 두 손바닥으로 얼굴을 감쌌다.

크게 외치고 싶었다.

창수 아저씨나 진호 아저씨가 없으면 농장에서 키우는 개 네 마리 동이, 서이, 남이, 북이를 모두 풀어놓고 다 같이 농장 풀밭을 이리저리 내달리면서 크게 외치고 싶었다.

'아이고 아이고 와르륵님, 고마워요. 아이고 아이고 와르륵님, 고마워요, 아이고 아이고 와르륵님, 고마워요.'라고.

목소리를 높여 하늘 높이 크게 크게 외치고 싶었다.

황금박쥐

ⓒ 전홍범, 2024

초판 1쇄 발행 2024년 8월 22일

지은이   전홍범
펴낸이   이기봉
편집   좋은땅 편집팀
펴낸곳   도서출판 좋은땅
주소   서울특별시 마포구 양화로12길 26 지월드빌딩 (서교동 395-7)
전화   02)374-8616~7
팩스   02)374-8614
이메일   gworldbook@naver.com
홈페이지 www.g-world.co.kr

ISBN   979-11-388-3458-2 (03810)